講談社文庫

噛みあわない会話と、ある過去について

辻村深月

講談社

目次

噛みあわない会話と、ある過去について

ナベちゃんのヨメ

1

ナベちゃんの嫁がヤバいらしい――という噂が立つ。

正確には、まだ嫁じゃなくて、結婚することになった相手――婚約者だ。

「ヤバいってどういうふうに？」

電話をかけてきた真緒《まお》に尋ねる。

すると、「佐和《さわ》、ナベちゃんから来たメール見てないでしょ？」と逆に聞き返された。

確かに見ていない。今日は一日ずっと職場にいて、十一時を回った今になってようやく帰ってこられたのだ。二十代後半の、仕事をようやく覚え始めた社員の宿命のようなものなのだろうけれど、この数ヵ月、ずっとこんなふうに残業に追われる日々が続いている。

大学を卒業して七年。

ナベちゃんは本名を渡辺佳哉《わたなべよしや》と言って、私たちの所属していたコーラス部の同期だった。

色白で、細くて、男子部員より、なぜか女子部員の私たちとの方が気が合い、見た目も少しなよっとしているというか、華奢《きゃしゃ》なので、女子の中にいても違和感がなかった。

かといって、彼が女子に人気があったとか、モテたというわけではない。残念だけど、全然モテない。華奢だけど所謂《いわゆる》イケメンではないし、男子扱いされない男子、女友達みたいな男友達、という感じで、後輩先輩含め、部の女子のほとんどがそう思っていたと思う。いい人なんだけど、コーラス部の中ではイジられキャラみたいな扱いだった。

理学部の物理学科で、卒業後は有名な時計メーカーの医療機器部門か何かの研究職に就《つ》いた。就職活動中、彼が内定をもらったその会社の名前を聞いて、真緒や、他の子たちが「えー、ナベちゃんと付き合っとけば、意外と玉の輿《たまのこし》だったのかも！」とふざけ調子に言っていた。――玉の輿、は言い過ぎかもしれないけど、学生時代の価値観では、あの企業名がそれくらい魅力的に思えた。

そのナベちゃんから、結婚するんだ、と報告があったのが、先月の終わり頃だ。

コーラス部で仲がよかったみんなにはぜひ結婚式に来てほしいのですが、六月の第三日曜日はご都合いかがですか——という、丁寧《ていねい》なメールが来た。

「またメールが来たの？　ちょっと待って。見てみる」

耳元からスマホを外し、自分の部屋のパソコンのメールを開く。

最近は職場のメールとスマホのＬＩＮＥでだいたいが事足りるから、このメールアドレスに連絡があるのは珍しかった。Amazon からのオススメ商品のお知らせメールや、行きつけのエステのメルマガなんかの間にまじって、ナベちゃんの名前を見つける。

「お願い」という件名だった。前回のメールと同じく、仲がよかったメンバーを中心にしたコーラス部のみんなへの一斉送信だ。

『結婚式のこと、みんな返事ありがとう。お祝いの言葉もとても嬉しいです。

さて、お願いなのですが、来週の、コーラス部の後輩たちの定例コンサートに婚約者と一緒に行く予定なので、その後のみんなとのお茶会に彼女を連れて行ってもいいかな？　この機会に紹介したいです。』

別に普通の文面じゃないか——、と思う。けれど、最後まで読んで、謎が解《と》けた。

『あと、婚約者がかなり気にする人なので、女子たちはみんな僕に直接連絡を取らないようにお願いしたいです。結婚式の件などでも、何か確認などあれば、野本《のもと》くんや池田《いけだ》くんを通じて連絡をするようにしてください。お願いします。』

「ああ――、これは……」

「ね、ヤバいっしょ」

読み終えてスマホを手に取ると、すかさず真緒が言った。

「何様なんだよって思わない？」

何様、とまでは思わないが、確かにナベちゃんらしくない。どこかに、「申し訳ない」とか「すいませんが」とか謝りの文言が入っているかな?と思ったけれど、それも見当たらなかった。

「リサも智子《ともこ》も超怒ってるよ」

真緒が続ける。

「私たちみんな、いまさらナベちゃんのことを恋愛対象としてなんか見ないよね？その婚約者の子、自分の選んだ男がどんだけいい男だと思ってるんだろ。なんか図々しくない？」

「まあまあ。私たちにとってはナベちゃんは長い付き合いの友達だけど、彼女にしてみたら、わかんないんだよ。結婚前できっと今一番幸せな時なんだろうし、許してあげようよ」

しかし、ナベちゃんも迂闊《うかつ》だ。

コーラス部で仲がよかったメンバーは、ほとんどが女子で、この一斉メールの中にだって、男子は二人しかいない。メールで名前が出てくる野本と池田だけ。他の口が達者な女子たちが、このメールを見て何も思わないはずがないのに、それがわからないのだろうか。

ナベちゃんもナベちゃんで、結婚式を前にちょっと舞い上がっているのかもしれない。

「かわいいかな、婚約者」

真緒が言う。私はちょっと考えてから、「かわいいんじゃない？　ナベちゃん、なんだかんだ言って、面食いだったし」と答える。電話の向こうで、真緒が笑った。

「しかし、ナベちゃんが結婚かぁ。学生時代知ってると、あんまり想像つかないけど、相手、どんな子なんだろ」

「来週のコンサートで会えるよ。その彼女も、うちらに実際会えば、ナベちゃんとの雰囲気もわかって安心できるんじゃない？」

「まあ、そっか」

真緒とはそれから、互いの仕事の話とか、今付き合っている彼氏の話とかになる。結婚は、三十歳になるまでは、とは思うものの、今の彼氏とでは考えられない、という話をお互いにして、仲間うちで一番結婚が早いのがナベちゃんだなんて意外だね、という結論まで辿《たど》り着いたところで、「また来週、コンサートで」と電話を切った。

2

学生時代、ナベちゃんは本当に、男を感じさせない友達だった。

私だけじゃなくて、みんなにとってそういう雰囲気のある人だった。

優しくて、いい人で、部内のあれこれを、それがたとえ自分の仕事じゃなくても手伝ってくれたり、女子パートが練習で残っていると、ジュースを買ってきてくれたり、バイト先の宅配ピザ屋からこっそり差し入れをしてくれたりした。

部のことだけじゃなくて、学科の課題とかも、よく手伝ってくれた。自分の専門外のことなのに、一緒に図書館で調べものをしてくれたり、理学部だけあってパソコンとか機械にも強くて、仲がよかった女子のメンバーは、みんな学生時代、ナベちゃんにパソコン周りの面倒を見てもらっていた。買い替えに伴《ともな》う面倒なあれこれをかわりにやってもらったり、故障を直してもらったり。

ナベちゃんはそういう厄介《やっかい》そうなことを、頼られるとむしろ嬉しそうに引き受けてくれた。

一人暮らしの部屋に、ナベちゃんを泊めたことがある女子も何人かいるんじゃないだろうか。

少なくとも、私は泊めたことがある。建築学科だった私は、課題の模型作りをナベちゃんによく手伝ってもらった。いろんな友達に声をかけたけど誰も捕まらないような時も、なぜか、ナベちゃんだけは不思議と捕まった。

徹夜で作業して、そのまま二人で駅前の吉野家でご飯を食べたり、朝マックしたりした。手伝ってもらったお礼に、私の奢《おご》りで。

「もっと高いところ奢らなくていいの？」と尋ねる私に、ナベちゃんが笑いながら「あー、じゃあ、次からは考えとくよ」と答える。白くて肉の薄い頬に、ハンバーガーのソースをつけながら言うナベちゃんのことを、本当にいい子だなぁと思った。同じ年だけど、私は弟の幸せを願うように、ナベちゃんを好きだった。

女子はみんな、ナベちゃんには気を許していろんなことを相談したし、えげつない本音の話も聞かせまくりだった。

「みんなといると、オレ、女子に理想が持てなくなるよー」

ふざけ調子にナベちゃん自身もそう言っていた。

そのせいで、ということもないだろうけれど、学生時代、ナベちゃんにはずっと彼女がいなかった。

そんなナベちゃんが一度だけ執着《しゅうちゃく》したとすれば、それは智子だ。

ナベちゃんと同じ物理学科で、二人は特に仲がよかった。だけど、智子はコーラス部の先輩と付き合っていて、ナベちゃんはその恋愛相談によく乗っていた。聞き上手なナベちゃんと相談を通じてさらに仲良くなった面もあったと思う。

智子が恋人だった先輩と別れたのは、私たちが三年生の冬だ。

就職し、地元の福井に帰る先輩と遠距離恋愛は無理そうって話になって、それで別れた。その時に、ナベちゃんが動きそうな雰囲気があった。

ナベちゃん、絶対に智子のこと好きだよね。フリーになったし、告白するんじゃないかって。

それを、当の智子が猛烈に嫌がった。コーラス部の私たち女子に向かって、「絶対に告白させないで！」と半泣きになって相談してきたのだ。

「ナベちゃんがたとえ、私のことでみんなのうちの誰かに相談してきても、無理だと思うよってちゃんと伝えてね。あと、私とナベちゃんを二人だけにする時間とかもなるべく作らないようにして」

今考えるとどういう自意識の持ち方なんだ、と思うけど、智子は実際顔立ちが小動物系でかわいく、学科でも部内でもモテた。

これまで散々自分の恋愛相談をして、愚痴《ぐち》も聞いてもらってきたのにひどい……と思わなくもなかったけれど、彼女の気持ちもちょっと、わかってしまった。

友達関係が壊れてしまうのが嫌、という思いもあるだろうし、振ることでナベちゃんが傷つくのもいたたまれなかったのだろう。

コーラス部の中で、誰よりも女子に信頼されて、女子に近かったけれど、それゆえに女子から、一番、男子としては遠くに思われてしまったナベちゃん。

そのナベちゃんが、結婚する。

3

後輩の定例コンサートに、ナベちゃんは、婚約者と手を繋《つな》いで現れた。

私たちはまずそのことにちょっと驚く。いくらラブラブだからって、普通、他人の前でそんなとこ見せるかな？　しかも、昔からの知り合いたちの前で。

私たちに「初めまして。こんにちは」と挨拶《あいさつ》するナベちゃんの婚約者は、風花《ふうか》さんといって、花柄のプリントワンピースを着ていた。

ファッションの傾向が、私たちとは明らかに違っていて、自分の友達にはいないタイプだなぁと思う。買い物をする店もエリアも違いそう。特別に美人だというタイプではないけれど、お化粧の感じも、染めていない長い黒髪も、ナベちゃんには似合って見えた。

――この人が〝かなり気にする人〟で、私たちにナベちゃんと直接メールしないように言ったのか、と思うとなんだか不思議な気持ちだ。控えめそうだし、そんなふうに見えない。

私たちの中で一番そつがなくてしっかり者の真緒が、みんなを代表するようにして彼女に挨拶する。

「こんにちは。今日は結婚式の前にお会いできる機会があって嬉しいです。渡辺くんには、学生時代から本当にみんなお世話になっているんですよー。披露宴《ひろうえん》、みんなでお祝いできるの、楽しみにしています」

そんな真緒の声を受けて、ナベちゃんも嬉しそうだ。

コンサートが終わり、いつものメンバーで近くのカフェまで移動する。私たちの集まりは女子が七人、男子三人で仲がよくて、ナベちゃんの結婚式に呼ばれているのもこのメンバーだ。今日はそこに婚約者の風花さんも加わる。久しぶりの同窓会みたいな雰囲気になる。

「ナベちゃんの式、どこでやるの？」

「あそこわかるかな？　日比谷《ひびや》のホテル」

「あー、あそこの料理すごくおいしいよね！」

「うん。みんなへの招待状、そろそろ届くと思うからよろしく」

学生時代から変わらない、穏やかな微笑《ほほえ》みを浮かべてナベちゃんが言う。

二人はどこで知り合ったのか、と聞くと、意外にも学生時代からの知り合いだという。理学部の同じ研究室で同期だったそうだ。つまりは婚約者、風花さんは私たちとも同じ大学に通っていたわけだが、学生時代の彼女を知っている子は、メンバーの中には誰もいなかった。物理学科は人数も多いから、同じ学科だった智子も初対面だという。

「ナベちゃん、そんな人がいたんだー」と智子が言うと、ナベちゃんがはにかむように笑った。

「当時から付き合ってたわけじゃないよ。最近、フェイスブックで偶然つながって、そこからなんだ」

話題は圧倒的にナベちゃんの結婚式の話が中心だった。和《なご》やかな空気の中で、ナベちゃんが急に「それでさ」と切り出す。

「できたら、女の子たちに披露宴の余興で歌を頼めないかな、と思ってるんだけどどうかな？　簡単なもので構わないから」

「歌？」

「うん」

私たちは互いに顔を見合わせる。卒業からだいぶ経っていて、就職して忙しくなったせいか、趣味程度にもコーラスを続けているメンバーは誰もいない。今日だって集まるのはずいぶん久しぶりだった。

私たちの返事を待たずに、ナベちゃんが横に座る自分の婚約者を見る。それから続けた。

「で、その時にお願いなんだけど、女の子はみんな、僕の友達ってことじゃなく、彼女の友達だってことにしてもらえないかな？」

「え？」

今度ははっきり、全員の顔に戸惑いが浮かんだ。女子だけじゃなくて、男子もだ。それまで黙って座っていたナベちゃんの婚約者が、「あんまり、私の方の女友達を呼ぶ予定がないんです」と急に口を開いた。

「それで、その上でお願いなんですけど、歌ってもらう曲はなんでも構いませんから、その時の歌詞を、既存のものじゃなくて、私たち二人のことを彷彿《ほうふつ》とさせるような替え歌にしてもらえませんか？　友達のために作ったことが、来ている人たちみんなにちゃんと伝わるような」

唇《くちびる》を開きかけたまま、全員何も言えなくなる。

――結婚披露宴の余興を、私も何度か見たことがあった。中には自作の歌を親友が披露するようなこともあったし、有名な曲を、今、彼女が言ったような祝福ソングふうに歌詞を替えて歌っていることもあった。

でもそれって、やる方が自発的に考えることなんじゃないだろうか。こんなふうに本人たちが露骨《ろこつ》に希望を伝えたりするものだろうか。

それに、〝二人のことを彷彿とさせるような〟と言われても、私たちはナベちゃんの婚約者とは今日が初対面で、二人のことを何も知らない。

ナベちゃんの友達ではなく、彼女の友達としてそれをやれ、と言われることにも強烈な違和感があった。

私たちの沈黙を、彼女は戸惑いのみによるものだと思ったらしかった。少し早口になって、婚約者が続ける。

「あ、皆さんの中に物書きさんがいらっしゃるって聞いたので。その方ならそういうの、お得意なんじゃないかと思って」

その言葉に、私の隣に座っていた真緒の表情が凍《こお》りついた。

真緒は数年前から雑誌などでフリーライターの仕事をしている。最近はかなり多くの雑誌で記事を書いているし、著名人にもインタビューをしたりしている。美容院で偶然開いた雑誌の記事に「文責・吉田《よしだ》真緒」と名前があって、「順調そうだね」とLINEをすると、「ようやく軌道《きどう》に乗って、この仕事だけでやっていけそうだよ」という返事があった。

——物書き、はまずい。

本人が自分で言うならともかく、初対面の相手に使っていい肩書きじゃない。

私たちはいよいよ黙ってしまう。全員が真緒を気にしているのがわかる。助けを求めるようにナベちゃんを見るが、ナベちゃんも何も言わず、ただ自分の婚約者の様子を気にしている。そして、彼女は止まらない。

「タイプライターさん？って言うんでしたっけ？　私の知り合いにも何人かいますけど、文章が書けるってすごいですよね」

まずいって——と、身体《からだ》の内側で声がする。横の真緒の顔が怖くて見られない。第一、タイプライターは道具の名前で、職業じゃないし。

相手に頼みごとをしてるのに、自分の知り合いにもいるって、なんのアピールなんだろう。

初対面の彼女にわからなくても、長い付き合いのナベちゃんだったら、今のが真緒にとって本当に地雷の発言なんだってわかるだろうに——と思っていると、ようやくナベちゃんの顔にも少し焦《あせ》りが見えた。彼があわてて、フォローするように言う。

「歌詞は、何も真緒ちゃんだけに考えてほしいってわけじゃないんだ。プロにそうしてもらえたらもちろん光栄だけど、本当にみんなに考えてもらえたら、それで」

「歌うのがもし恥ずかしくてできない……ってことだったら、私たちの式、プロの司会の方もいらっしゃるので、最悪、その人に読み上げてもらうってことでも構いませんから」

ナベちゃんのフォローに、彼女がまた違う内容をかぶせてくる。その声に、今度は真緒以外のみんなもむっとした表情になるのがわかった。

これまで定例コンサートや大会を通じ、何度も人前で歌ってきたのだ。彼女に〝恥ずかしくてできない〟なんて言われるのは心外だ。

けれど、そうやって結婚式について話すナベちゃんの婚約者は、とても楽しそうだった。

「よろしくお願いします」と、私たちに言う。

――その時。

私は二つのことに気づいてしまった。

ひとつは、テーブルの下で、ナベちゃんと彼女が、ずっと手を繋いだままでいること。

そしてもうひとつは、ナベちゃんの婚約者が、楽しそうだしはしゃいでいるのに、私たちの目を一度も見ないことだ。一方的に自分の希望だけを伝えて、そのたびにナベちゃんとしか目を合わせない。

友達とか、本当にいないタイプの人なのかもしれないな、とふと思う。

結婚式自体はおめでたいことだし、久しぶりにせっかくみんなで会っているのだし、この場で揉めたいと思っているメンバーは誰もいなかった。

余興の歌のことは、互いに様子を見ながら、「じゃあ……」とか「簡単なのでよかったら」とお茶を濁《にご》すようにして、なんとなく引き受けた感じになる。

カフェで解散になる少し前、婚約者がトイレに立った時、ナベちゃんが私たちに呼びかけてきた。

「さっきの話だけど――」

その声の感じで、あ、この人にも今日のこれがちょっとおかしいって自覚があるのかもしれない、と少しほっとする。

「本当に簡単な、短い曲で構わないから」

「――うん」

ナベちゃんが困った様子なので、私たちも、だから、頷《うなず》いてしまう。

帰ると、郵便受けにナベちゃんたちの式の招待状が届いていた。式場の筆耕者にお願いした様子の、毛筆の宛名をなでる。表の墨《すみ》が照明に反射して白く光り、ああ、すごく立派な、ちゃんとした式なんだなぁと改めて思う。

4

「ナベちゃんの嫁、本当にヤバいらしいよ」

真緒からまた電話がかかってきたのは、あのお茶会から三日後だった。

「だろうね」

定例コンサートの後、あれだけ微妙な空気になったのだ。なんだかあの人ズレてるなってことは私にだってわかった。しかし、真緒は「そうじゃなくて」と続ける。

「智子から連絡があったの。あの子、ナベちゃんと同じ物理学科だったでしょ？　あの嫁の件、ちょっと気になることがあって、確認したら案の定だったって、さっき連絡があったの」

「気になることって？」

「驚かないでよ？　あの子、大学、退学処分になってるの」

「退学処分？」

「私たちの代の理学部で、ストーカー事件あったの、知らない？　男性教授が女子学生につきまとわれて、結構大変だったヤツ」

「え。知らない」

知らないけれど、背筋がぞわっとした。まさか――、と思っていると真緒が続ける。

「その子が、あの嫁。ナベちゃんが連れて来た、あの子」

「嘘でしょ？」

反射的に声が出た。おとなしそうな子なのに――と思うけど、確かにあの、人と目を合わせない感じとか、思い詰めそうな雰囲気はある。

顔を思い出そうとしたけれど、会ったはずのあの子の顔がうまく思い浮かばなかった。本当にただ普通の人っていう感じで、あまり印象に残っていないのだ。

「ナベちゃんはそのこと知ってるのかな？」

ナベちゃんの人のよさそうな顔や優しげな物腰を思い出すといたたまれない気持ちになってくる。尋ねる私に、真緒が答えた。

「知ってるに決まってるよ。あの二人、同じ研究室で、彼女がストーカーしてたのは、その担当教授だもん。むしろ、問題の渦中の時をリアルタイムで見てたはずだって、智子が言ってた」

「えええー、何それ！」

そんな相手を婚約者にするものだろうか？　いくら時が経ってるとはいえ。

絶句する私に真緒が続ける。

「あんまり問題を公《おおやけ》にしないように大学も気を遣《つか》ったみたいだけど、当時、理学部では噂になってたらしいんだよね。あの子、大学の事務局には教授からセクハラされたって訴えたりして、大騒ぎになってたって。研究室で無理やり暴行された、みたいな」

「実際、それってセクハラだったんじゃないの？」

こういう問題の時、年齢が上の男性教授の方がまず疑われるような気がする。二人がたとえ普通に付き合っていたとしても、責任を取らされるのは、やはり大人である教授の方だろう。

しかし、真緒が即座に否定する。

「最初、セクハラを疑っていろいろ調査が入って、その上で、やっぱり、彼女の方が圧倒的に言ってることがおかしいってことになったみたいだよ。周りからの証言もあったみたいだし、最終的には、あの子、教授の家に乗り込んで、奥さんの前で刃物持って大暴れしたって」

「何、それ」

私は本格的に言葉を失う。

「だから、退学処分だったんでしょ」

真緒が答える。

「よっぽどのことだと思う。教授も学部も穏便に済ませたかったのに、そうできないくらい度を越してたってことだよ」

「それ、本当にあの子で間違いないの？　風花さん、だっけ」

「うん」

電話の向こうで真緒が頷く。それから、困ったように言う。

「――で、どうする？　ナベちゃんの披露宴での、歌の余興」

「ああ……」

「さっき、智子やリサと話したけど、なんか、私たち、あの子に関わらない方がいいんじゃないかな。ナベちゃんの友達ってことじゃなくて、あの子の友達として歌うっていうのも、なんかちょっと、無理あるし」

あの場では誰も何も言わなかったけれど、やはり、みんなそこは共通して違和感があった。真緒の口調が若干、とげとげしくなる。

「だいたい、タイプライターは職業じゃないし」

「うん……。真緒のその怒りはもっともだと思う」

「歌詞でたとえば、おとうさんおかあさんに祝福されて――みたいなことを書いたとして、あの子がどんな家庭でどう育ってきたのかとかも私たちは知らないわけだし、無責任なこと書けないよ。実際歌うとなれば、練習だってそれなりに何回かしなきゃいけないだろうし」

それぞれ仕事をしている中で、余興のために集まる時間的なコストがかなり高いことは私も気になっていた。

「智子たちは、あの場であんなふうに直接言われたら、空気的に断れないし、事前にナベちゃんから一言あってもよかったのにってことも釈然としないみたい。それは私もわかる。ナベちゃん一人ならともかく、あの子の前でいきなりそんなこと言われたら、断れないよね」

「今から断れるものかな？」

「智子がナベちゃんに連絡するって言ってる」

ストーカーの話を聞いてしまった後では、さすがに私もすんなりと余興に参加する気にはなれなかった。断ること自体に異存はない。

けれど、気持ちは半信半疑だ。「ねえ」と真緒に呼びかける。

「そんなストーカーのヤバい過去を知ってて、ナベちゃん、本当に付き合ったりするもんかな。やっぱり何かの間違いじゃない？」

「智子が気になること、言ってたよ」

ナベちゃんは優しくて紳士だから、事件があった当時も、私たちの前や、興味津々の他の学科同期たちの前でも、そのストーカー事件を軽々しく話題にすることはなかったそうだ。そんなナベちゃんの態度を立派だと思いつつも、智子が好奇心を抑えきれずに、ナベちゃんに聞いたことがあった。

ナベちゃん、自分の研究室でそんなことがあって大変だったね。ストーカーだった子って、どんな子？　と。

ナベちゃんは、こう答えた。

「『救えなかった』って、言ってたって」

私は黙ったまま、その言葉を聞く。真緒が続ける。

「その子とナベちゃんの間に、当時から何かがあったってことなのかどうかは知らない。社会人になって、フェイスブックで再会したっていうのはその通りなんだろうし。だけど、ナベちゃん、あの子のこと、当時もそんなふうに言ってたみたい」

途方に暮れたような声で、真緒が言った。

「なんでナベちゃん、あんな子を選んだんだろ……。いい人で親切すぎるから、つけこまれてるんじゃないといいけど」

余興の歌を断る話を、智子はそれからナベちゃんに直接電話して伝えようとしたけれど、ナベちゃんは電話を取らなかった。

何度かけても。

途中から、着信拒否されてる相手にかけた時みたいな通話中の音が返ってくるようになって、その時に思い出した。ナベちゃんの婚約者が〝かなり気にする人〟で女子はみんな、男子経由で連絡するように言われていたことを。

思い出したけれど、智子は信じがたい気持ちになる。

見知らぬ相手に対してだったら、確かに警戒心はあるかもしれないけれど、コンサートの後のお茶会で、ちゃんと顔を合わせて挨拶したのに？　と。

それどころか、友達として披露宴で余興をしろとまで言われたのに信頼してもらえていないのか、と呆《あき》れた気持ちになる。

だから、ナベちゃん相手にメールを書く。

余興の歌は、みんなと話し合ったけれど、やっぱりできない。せっかくの披露宴なのだから、たとえ、真緒のようなプロが書いた歌詞じゃなかったとしても、新婦の本当の友達が何かする方が素敵なんじゃないかな、と。

それに対し、ナベちゃんからの返信は、しばらくない。

一週間ほどもしてから、断りメールを書いた智子の他にも、女子全員にあてた、ナベちゃんからのメールが届く。私のパソコンにも届いて、また、例によって真緒や智子たちから、「メール見た⁉ ヤバくない⁉」と女子グループのLINEにメッセージが次々入ってくる。あまりにその怒りが凄《すさ》まじく、収まらないから、近いうちにみんなで仕事終わりにごはんでも食べにいって、このことについて話そうよ、という話があっという間にまとまっていく。

ナベちゃんからのメールには、私たちの招待をキャンセルしたい旨が淡々と綴《つづ》られていた。

『申し訳ないのですが、みんなへの結婚式への招待の話をなかったことにしてください。

余興の歌についても、キャンセルということでお願いします。

彼女の家が由緒ある旧家だということもあり、彼女のお父さんも会社を経営している人なので、僕が、特に気をつけなければならなかったようです。

新郎が女性を招待するのがあまり一般的ではないということを、僕がちゃんと把握《はあく》していなかったせいでもあります。

よろしくお願いします。』

ナベちゃんのアドレスは、私たちの知っているものではなくなっていて、初めて見るフリーメールのものだった。

メールの画面を開いたまま、私は、考える。

みんなからのＬＩＮＥを先に見ていたせいか、他のメンバーより少しは冷静にそれを読めた、と思う。

謝っているようでいて、謝る言葉がほとんどないナベちゃんの文面を眺めながら、数年ぶりに、いつかの朝のことを思い出していた。

模型を作ってくれたあと、睫毛《まつげ》を伏せて、うちのこたつで寝ていた、彼の無防備な顔。私たちに優しく、親切で、だけど、中身は、本当はちゃんと〝男の子〟だった、あの友達を、私たちはこれから失うのかもしれない。

――私たちは、ナベちゃんと仲がよかった。

一人暮らしの部屋に、ナベちゃんを泊めたことがある女子も何人かいるんじゃないだろうか。

少なくとも、私は泊めた。

しかも二人きりで。

建築学科だった私は、課題だった模型作りが終わらなかった。

その日、いろんな友達に声をかけたけど誰も捕まらなくて、そういう時も、なぜか、ナベちゃんだけは不思議と捕まった。

「徹夜になっちゃうかもよ?」と半泣きで言う私に「いいよ」とすんなり答えて、うちのこたつで一緒に作業してくれた。

模型は空が白《しら》んでくる午前五時前にどうにか完成した。

午後イチの授業への提出に、これで間に合う。ほっとして、二人とも肩から力が抜けた。吉野家にもマックにも行く気力がなく、ナベちゃんがそのままこたつで寝てしまった。

ナベちゃんは、女の子の友達とあまり変わらない雰囲気があって、なんでも話せる友達だった。

大好きだったけれど、そういう〝好き〟じゃなかったはずだ。それなのに、無防備に寝息を立てている背中にそっと毛布をかけ、ナベちゃんがその弾《はず》みにパチリと目を開けると、私たちの間に、その時一瞬だけ、見えない緊張が、まるで静電気の火花みたいにパチリと鳴った。

ナベちゃんが、私を見る。

――彼が、本当は、彼女が欲しくて、女子部員の誰かと恋人になりたがっていることを、私たちはみんな知っていた。知っていて、見て見ぬふりをしてきた。ナベちゃんのそれは、真剣に一人のことが好き、とかそういうことよりも、〝あわよくば〟って感じだったからだ。学生時代の最初にありがちな、誰でもいいから、とりあえず学生らしく彼女を作ってみたい、とかそういう感じに近かった。

だけど、ナベちゃんは、優しくて、そして、ちょっとズルいから、コーラス部の女子メンバーを狙いつつも、具体的には一度も動かなかった。

いい人で、それは本当だけれど、その裏で、彼が本当はちゃんと彼女を作りたい欲を持っている〝男の子〟だということを、私たちは知っていた。

あの模型を作ってもらった日の朝、あのまま、私たちはどうにかなってしまう可能性もあったのだと、ナベちゃんのことを思い出す時、いつも思う。こっちを向いたナベちゃんの目の表面も、毛布をかけた私の手も、平静を装いながら、無理して震えていた。

だけど、やっぱり私もズルいから、茶化《ちゃか》すことにした。

毛布をふぁさっとそのままかけて、「コンビニに朝ごはん買いに行ってくるねー」とバカみたいに声を張り上げた。

ナベちゃんの目から緊張が抜けた。「ん」と声を出して、寝ぼけたふりをして、彼もまた寝たふりをした。

ナベちゃんに模型作りの手伝いを頼んだのは、この日が最後だ。

私だけが特別だったんじゃない——と思う。女子部員みんな、ナベちゃんのことはそんなふうに思ってた。親切な友達。大好きだけど、恋愛対象じゃない。

ナベちゃんが本当は何を望んでいたのか、みんな、知っていたのに。

5

「歌はキャンセルって、なに？　この書き方。私たち、別に業者じゃないんですけど」

銀座《ぎんざ》にある居酒屋の個室で、飲物片手にリサが仏頂面《ぶっちょうづら》で言う。

ナベちゃんの式にまつわるあれこれを、みんなが最初の乾杯とともに一気に吐き出し、彼と彼の嫁への悪口が止まらなくなる。

「どうしちゃったんだろ……」

智子がポツリと言った。

「ナベちゃんだったら、もっと絶対にいい人がいるのに、なんであの子なんだろ。もったいない。考え直した方がいいよ」

「聞き上手だからさ、きっとつけこまれたんだよ。ああいうメンヘラ系の女子に好かれそうじゃん、ナベちゃん」

「え？　あの彼女ってメンヘラ系なの？」

「知らないけど、どう見たってそうでしょー」

「私たち女子への招待はキャンセルだけど、野本と池田への招待はそのままみたいだよ。どんな披露宴だったのか、後で聞かせてもらおうよ」

「もうさぁ、この言い訳もなんなんだよって感じだよね？　嫁の家が由緒ある旧家で、とか、親が社長だからとか。知らないよ、そんなの」

「余興もやってくれないなら招待はしないって、社会人としてどうなのって話だよねえ……」

「一番ショックなのはさ、ナベちゃんがそんな嫁に付き合っちゃう人だったたってことだよね。昔からの友達全部切って。本当にそれでいいのかよって」

「——あのさ」

止まらない会話の隙間《すきま》を縫《ぬ》うようにして、私が声をかける。

それまでほとんど話していなかった私がそう言ったことで、みんなが一気にこちらを見た。

私はゆっくり、みんなの顔を順に見た。

「幸せなんじゃない？　ナベちゃん」

「え？」

みんなの顔に、は？という表情が浮かぶ。

その気持ちはわかる。よくわかる。私だって、ナベちゃんとその嫁がしていることは常識的にどうかと思うし、いい気持ちはしない。

しかし、それでも言いたくなってしまった。

「ナベちゃん、幸せなんだよ。相手に必要とされて、自分も相手を必要として。そういう人に巡り合えたんだよ。それでいいのかよってみんなは言うけど、きっとそれでいいんだよ」

救えなかった、という言葉を思い出す。

学生時代のストーカー事件当時、ナベちゃんと彼女の間に特別に何かがあった、ということではないのだろう。けれど、ナベちゃんは、あの子を――今、自分の嫁になる風花さんを、当時、救いたかったのだ。

ナベちゃんは、そういう人だった。

私たちに対してでさえそうだった。いろんなことを手伝ってくれたり、相談に乗ってくれたりしながら、いつだって相手に必要とされることを欲していた。

学生時代さ――、と私は続ける。

「コーラス部で、私たち、みんな、ナベちゃんを頼ったり、甘えたりしてきたけど、彼のこと、口ではいい人だ、好きだって言いながら、誰も、ナベちゃんを自分の一番には考えなかったでしょ？　それぞれみんな彼氏や好きな人がいて、ナベちゃんをそういう〝一番〟の対象には考えなかった」

「だって友達だもん。当たり前でしょ？」

智子が言う。

同じ学科で、仲間内では一番ナベちゃんと仲がよかった彼女も、常に彼氏や好きな人がいて、それはナベちゃんではない誰かだった。ナベちゃんが自分に向けて動きそうな時には、大騒ぎして嫌がった。

私たちは、ナベちゃんのことを軽《かろ》んじていた。もっというなら、舐《な》めていた。

友達だけど、と私は答える。

「ナベちゃんは、ずっと誰かの〝一番〟になりたかったんだよ。必要とされたかったんだよ。私たちは誰も彼を〝一番〟にしなかったけど、あの婚約者にとってはナベちゃんが今、誰よりも大事なんでしょ？　私たちの言葉じゃ、そりゃ届かないよ」

どうしてあの子なんだろ、と無責任に口にするのは簡単だ。けれど、その問いの答えを、みんなだってきっと知っているはずだ。

私たちのように、ナベちゃんを便利に使うのではなく、唯一無二の存在として考えるナベちゃんの嫁を、ナベちゃんはきっと心の底から愛している。

私たちが彼のことを選んだのだったら、彼は全力でそれに応えてくれただろう。私たちの中の誰かを恋人として、きっと大事にしたはずだ。

それをしなかった私たちが口にする今の彼への不満は、きっと無責任で、ひどく都合がいい。

「ナベちゃんだったらもっといい子がいるって、智子は言ったけど、智子も私たちも、ナベちゃんのことは選ばなかった。あの子の代わりに彼と付き合うわけでもない。──あの子はナベちゃんの望むものをくれるんだよ。幸せなんだよ」

「そういうのって共依存っていうんじゃない？」

真緒の冷静な声がした。私はそれにも頷く。

「私たちから見ればそうかもしれないけど、本人が幸せなんだからどうしようもないよ。──束縛に思えるくらいに執着してくれて、セックスだってさせてくれて、それは私たちが誰もナベちゃんにしなかったことでしょ？」

「ええっ。だって、友達なんだし」

智子がまた言う。私は首を振った。

「だからだよ」

私もまた智子のことは言えないのだけど、と自覚しつつ、言う。

「そんな執着もしてくれない友達は、何人束《たば》になっても、ナベちゃんの嫁には敵わないんだよ」

だから、彼らのことをとやかく言う権利は私たちにはないのだ。

みんなの空気が一気に白けたのがわかった。私が白けさせてしまったのだと申し訳なくも思うが、それでも、私は最後まで言ってしまう。

「——私たちみんな、ナベちゃんの嫁のことも式のことも、こうやって集まって悪く言って、それでおしまいだよね？　友達を一人失うかもしれない、ナベちゃんが私たちを切るなんてショックだって話すけど、誰もそれで明日から困るってわけじゃない」

「いやいやいや。私たちは困らないけど、ナベちゃんがそれでいいのかって話でしょ？　嫁以外全部切っちゃうなんて、そんな人生でいいの？」

智子がかわいらしい顔の頬っぺたを膨《ふく》らませるようにして言う。

するとそれに、私が答えるより先に、真緒が「まあ、でも……」と歯切れ悪く応じた。

「確かに、だからってナベちゃんにちゃんと注意しよう、真剣に話をしようって雰囲気は、なかった、かもね」

彼女がそう言ってくれて、私はほっとする。

真緒も気づいたのかもしれない。

私たちはナベちゃんに悪態をつきながらも、巻き込まれた一連のこのおかしなことをネタにして騒いでる。迷惑をこうむった、失礼なことをされたと言いながらも——楽しんでいる。

たぶん、私たちは友達を一人、失うだろう。

あるいはもうとっくに失っていたのかもしれない。

これから先も、ナベちゃんは自分の嫁と生きていく。家族になって、そしてもう二度と、私たちに会うことはないのかもしれない。

そして、それで幸せなのだ。

「でも、ナベちゃんだってバカじゃないんだから、いずれ相手のヤバさに気づいたら離婚するかもね」

「あー、それは私もそう思う」

リサが言って智子が頷く。

その発言で空気が変わった。「あー、わかるわかる」「ああいう最初からラブラブってカップルの方がヤバいよね」「でも、別れるのにも苦労しそうじゃない？　あの嫁だと」

軽い声が続いて、私は黙って自分の飲物を手に取る。

自分の話がないがしろにされたようにも感じたけれど、それよりは気まずい会話に終止符が打たれた安堵の方が強かった。

その飲み会から少しして、智子が私のことを「佐和ちゃん、ひどい」と言っていたと、リサから聞いた。

一緒になってナベちゃんの嫁と式のことを悪く言っていたくせに、急にかばい始めて、自分だけいい人みたいに言ってズルい、と。

そう聞いて、私は自分でも苦笑してしまう。確かにその通りだ。

だけど、智子だって痛いところを突かれた自覚はあるのだろう。

当時一番仲がよかったのだから、私がナベちゃんと過ごした模型作りの翌朝のようなことが、きっと彼女と彼の間にもたくさんあった。

そして、彼女はそれでもナベちゃんを選ばなかった。

たとえ今ナベちゃんに婚約者がいなかったとしても、智子も私も、彼を選ばない。

人の嫁を嗤《わら》う権利は、私たちにない。

6

六月の第三日曜日。

ナベちゃんの式と披露宴に行ってきたという野本と池田から、どんな様子だったのかを、後に聞く。

家族と親族中心の式に、招待された友人は新郎側のその二人だけで、新婦側の友人は一人もいなかったらしい。

「あの嫁、やっぱり友達いないいんだよ」と、みんなが言う。

それからさらに数日後。

「結婚しました」という報告のハガキが、二人の写真入りで、なぜか智子にだけ届く。

「みんなのところには来てないの？」と尋ねる智子の声がうんざりしていた。

ハガキの宛名は、ナベちゃんの字ではなく、おそらくは嫁の字だった。

それをまた、みんなが「怖い」「ヤバい」と騒ぐ。

それからさらに一年くらいして、コーラス部の先輩の結婚式があった。

私は招待されなかったが、その二次会でナベちゃんの姿が目撃される。ナベちゃんは、その会に妻同伴で現れて、二次会の間じゅう、ずっと二人で喋《しゃべ》っていた。取り分けた料理を嫁がナベちゃんの口に直接運んで食べさせていた。ナベちゃんの式についての私たちのごたごたを知らなかったその先輩が、目を丸くして驚いていた。

「知らなかったけど、渡辺ってああいうタイプだったんだな」

ナベちゃんたちは、先輩に、「お祝いです」とプレゼントを持ってきた。キャラクターものの目覚まし時計だったらしく、それをまたみんなが「ダサい」「センスない」と話す。

私たちはみんなナベちゃんに連絡が取れなくなったけれど、その後、彼が離婚したという話も聞かない。

真緒が結婚した時も、智子が結婚した時も、当然、ナベちゃんは招待客の中に名前がない。その頃には、彼の話題が仲間内で出ることも少なくなっていた。

智子の式でひさびさに一緒になった野本と池田に、席が隣になったから、披露宴が始まる前、なんとなく聞いてみた。

「そういえば、ナベちゃんってあれからどうしてる？　元気にしてるの？」

野本も池田も、意味ありげに笑った。「子どもが生まれたみたいだよ」と教えてくれる。

「出産祝いに何か贈ろうかと思って電話したら、あいつ出なくてさ。不思議に思ってたら、『僕への連絡は昼の十二時から一時の間にしてほしい』って連絡があった」

その時間帯が何を意味するのか、私にもわかった。

——男友達との電話さえ、家でできないのか。

しかも、出産祝いのことなのに。

職場の昼休みを指定するところが、バカがつくぐらい真面目なナベちゃんらしかった。

「オレたちの間では、ナベちゃんは完全に嫁の支配下にあって操られてるんだけど、一日のうち、その時間だけは人の心を取り戻せるんだってことになってる。おとぎ話とかで、月が出てる間だけ呪《のろ》いが解けて人に戻れるとか、そういう感じ」

冗談めかして、池田たちが笑う。女子がナベちゃんの嫁を嗤う時よりは、いくらか嫌みなく聞こえた。

嫁を怖がってるとかそういう感じとも違って、たぶん、ナベちゃんは、自発的に彼女を傷つけないように気を遣っているのだろう。

幸せなのだ、と思う。

守れる人――ずっと守らせてくれる人を、彼は見つけた。

そう思った瞬間に、会場の照明がぱっと消えた。

智子の披露宴が、そろそろ始まる。

「それでは、新郎新婦の入場です！」

司会の明るい声がして、入口をスポットライトが照らす。優美な微笑みを浮かべた智子が、彼女が選んだ新郎に手を引かれ、光の中を歩いてくる。

おめでとう、という声が、いくつもいくつも、彼女たちを包みこむ。

その中に、失われた友達の声はない。

そして、おそらく、それでいい。

パッとしない子

1

「ねえ、教頭先生に聞いたんですけど、松尾《まつお》先生って高輪佑《たかなわたすく》くんの担任だったって本当ですか？」

放課後の職員室で、事務員の前野《まえの》に声をかけられた。

松尾美穂《みほ》はやりかけのテストの採点から顔を上げる。あ、またその話か、と思いながら、「違うよ」と答える。

「授業には行ってたけど担任じゃないよ。私が担任してたのは、佑くんの三歳下の弟の方」

「うわー、すごい！　でも、じゃあ知ってるってことじゃないですか、『銘ze《メイズ》』の佑くんの小学校時代を」

「まあね」

高輪佑は、五人組男性アイドルグループ「銘ze」のメンバーの一人だ。どの子もみんな人気が高く、ダンスだったらこの子、歌だったらこの子、と個性ごとに定評がある中、彼のポジションはMC担当だと言われている。頭の回転が速く、喋《しゃべ》りのセンスが抜群だと大御所のお笑い芸人に褒《ほ》められているところを、美穂もテレビで観た。

年は今年で二十五歳。

最近では、彼がメインで司会をする冠番組のようなものまであるし、CM出演も多く、テレビで観ない日はないと言っていい。「銘ｚｅ」のコンサートは、今やチケットが取れないことで知られるほどの人気公演だ。昨日もネットのトップニュースで、彼らが年末の大型歌番組の司会に抜擢《ばってき》されそうだ、という記事が出ていた。

今や日本で知らない人のいない国民的アイドル。

美穂の小学校四年生の娘でさえ、佑の映るテレビを観ながら「たすくんスマイル、最高！」などと言っている。この〝たすくん〟というのがファンからの佑の愛称だ。

「かわいかったんでしょうね、小学校時代のたすくん」

まだ二十代の前野の顔が、夢見るような表情を浮かべる。

「彼、絵もプロ並みだって評価高いじゃないですか。その子に図工教えてたなんて、松尾先生本当にすごいですよ。なんか尊敬しちゃいます」

「授業に行ってたってだけだよ。もう、やめてよー」

美穂は苦笑する。同じことを娘からもよく言われる。「ママ、たすくんに絵を教えてたなんて〝神〟だね」と。

「たすくん、その頃からもう輝いてました？」

「それがねぇ」

前野に問いかけられ、美穂は首を振る。

「子どもの頃は、あの子、パッとしない子だったんだよね。『銘ze』でデビューして、うちの小学校の出身だって聞いても、『え？　あの子が？』って思っちゃったくらい。あの代だったら、目立ってたのはもっと別の子たちだったんだけど」

「ええぇー、そうなんですか？」

「うん。ダンスやってた子もいて、その子たちは確かに謝恩会で出し物とかも派手にしてたけど、佑くんはその中にもいなかったし、テレビで観るまで信じられなかった」

しかし、メディアに露出するようになってから見た顔には、確かに当時の面影《おもかげ》があった。小学校時代の彼の面影はもちろんだが、美穂が担任していた弟とも顔立ちがよく似ている。弟の方は、兄に輪をかけてクラスの中では目立たない存在で、二年担任したけれど、やはり印象が薄い。

「あのルックスでも？」

「まあ、顔立ちはきれいな方だったけど、おとなしいっていうか、地味な性格？　絵も、今でこそすごいみたいだけど、図画コンクールでいつも入選する子は別の子だったし」

今メディアを通じて見る佑の絵は、ダイナミックな色使いで確かに芸能人が片手間にやっているにしては並外れたものを感じる。しかし、当時はまだその片鱗《へんりん》を見ることはなかった。

「そうなんですねー、意外」

「あ、でも、あの子が六年生の頃、運動会で入場門を作る係になってね。その時は私が図工担任だったから一緒に手伝って、いつもの年よりかなりいいものができた。その指導は確かにしたかな」

――先生、入場門の柱を真っ黒にしてもいいですか？

普段はおとなしいあの子がそんなふうに急に言ってきて、びっくりした。

毎年六年生の係が作ることになっている入場門は、白と赤の紅白カラーや、青空を連想させる水色とか、そういう爽《さわ》やかな色だ。

驚いていると、彼が「杉崎《すぎさき》先生に聞いたら、絶対ダメだって言われちゃったんですけど……」と目を伏せて言った。杉崎先生は、当時の彼の担任教師の名前だ。

ポツポツと朴訥《ぼくとつ》にしゃべる、その姿を見たら、放っておけない気持ちになった。美穂は「いいよ」と答えた。

「杉崎先生には私が話しておいてあげる。佑くんの中には、作りたいものの設計図がちゃんと見えてるのよね？」

後に思い返して、この時、間違ったことを言わなくて本当によかった、と感じた。前代未聞の黒い入場門。子どもの気まぐれな思いつきだと切って捨てることもできただろうけど、なんだか予感があって、この時はそう答えたのだ。

彼がぱっと顔を上げ、「ありがとうございます！」と言った。あの時の笑顔は、なるほど、〝たすくんスマイル〟だったのかもしれない。

出来上がった入場門は、ベースの部分が黒で、その中に描かれた炎の赤が映える、とてもセンスのいいものだった。

当時、美穂はまだ二十六歳。今の佑とそう変わらない年だったのだと思うと、しみじみと感慨深い。あの頃はまだ独身で、子どもたちからも旧姓の「佐藤《さとう》先生」と呼ばれていた。

あれから十三年。美穂は四十歳が見えてきたし、結婚して生まれた娘ももう小学校四年生だ。

昔あった入場門の一件を美穂が話して聞かせると、前野が「ほら、やっぱり！」と嬉しそうに胸の前で小さく手を合わせた。

「きっともうその頃に才能が芽生え始めてたんですよー。画用紙みたいな小さいものじゃなくて、そういう規格外に大きなものじゃなきゃ、たすくんの才能が収まらなかったってことでしょう？　そのチャンスをあげた松尾先生はやっぱりすごいです」

「そうかな」

「楽しみですね」

前野が言う。その声に、職員室の前方にある黒板を、美穂も見た。

日付の白い罫線《けいせん》が入り、月ごとの学校行事が書き込めるようになった黒板の、明日の日付の欄に、『スペシャリスト』収録　高輪佑さん来校」と書いてある。

『スペシャリスト』は番組名だ。毎回、クリエイターや企業の社長など、特定の一人を選んで丹念な密着取材をすることで知られた番組で、その撮影にあたって佑が母校の小学校を訪れることになった。美穂は今朝も娘から「サインもらってきてよ！　ママだけずるい！」と言われたばかりだ。

「佑くんもきっと懐《なつ》かしいと思ってるんじゃないですか？　松尾先生に会えたらきっと喜びますよ」

「まあ、来るのは今井《いまい》先生のクラスにだし、会える機会があるかどうかわからないけどね」

明日、佑は六年一組の子どもたちに授業をした後、彼らと一緒に給食を食べる予定になっている。担任の、若い男性教師である今井が、「緊張しますよ。松尾先生、あの子って昔、どういう子だったんですか」と美穂にわざわざ聞いてきたのがしばらく前のことだ。「同じ男だけど、ぼくまでドキドキしちゃいます」と。

佑が小学校を卒業した後、数年して美穂も別の小学校に異動した。いくつかの学校を転任した後、初任地でもあったこの小学校に戻ってきたのが三年前のことだ。その頃には、佑の姿もテレビでかなり見るようになっていた。

担任ではなかったけれど、佑が通っていた当時の教師で今もここにいるのは美穂だけだ。

「楽しみですね」

前野が繰り返した。

2

撮影は順調に進行したらしい。

らしい、というのは、美穂は別の学年で授業をしていて収録に立ち会っていないからだ。朝の職員会議で、校長先生から今日テレビの収録があって人の出入りが激しいこと、生徒を極力動揺させないことなどが通達されたが、佑が教室にやってくる六年一組以外は通常通りの授業スケジュールだ。

朝、撮影用のワゴン車が駐車場に入り、テレビクルーの控室になった会議室の周りは確かに慌ただしい様子だったが、担当の教師以外はスタッフとすれ違っても挨拶《あいさつ》を交わす程度だった。校長たち数人が車から降りた佑を出迎えて控室に通したようだが、美穂は姿を見ていない。事務員の前野がお茶を出す時に顔を見たとかで「やばいです、たすくんスマイル！　マジ天使！」と、学校関係者が使うにはどうかと思うような言葉遣《づか》いで喜んでいた。

子どもたちを動揺させないように——、と言われたところで、佑の来校を知っている子どもたちがおとなしくできるはずもない。教室の空気は授業中もどことなく皆、そわそわしていた。

「先生、もうたすくん来たんですかー？」

図工の授業に行っていた五年生のクラスの女子から質問され、美穂はそれに「はい。関係ないこと喋らない！」と苦笑して返す。

「あー、六年生の子たち、いいなぁ」と彼女がため息を落とした。

三時間目の授業中、校庭の方から「わああー」とすごい歓声が上がった。

その声に、ベランダ側の席の子たちがみんな腰を浮かす。美穂が注意する間もなく、窓を開けて一人が「たすくん！」と声を上げる。どうやら六年一組の教室に行く前に佑が校庭に出たらしい。体育をしていた二年生たちが、女子も男子もキャーキャーと、悲鳴に近い声を上げている。

教壇に立つ美穂のところからも、校庭の隅《すみ》を歩く佑らしき姿が見えた。表情まではっきり見えないけれど、明らかに普通の人とは違う雰囲気の青年が歩いている。シンプルなポロシャツとパンツ姿なのに、いいものを身に着けていることが伝わってくる。テレビに出る人たちは、いつ見ても新品同様のようなものを着ているけれど、こういう時もスタイリストがついたりするのだろうか。

生徒たちがみんな窓辺に走り、手を振ってたちまち「たすくーん！」と彼を呼び始める。彼が校舎を仰《あお》いで手を振り返す気配があり、それにまたきゃー！　と悲鳴が上がった。どこで知ったのか、校庭を囲んだフェンスの向こう側に撮影を見に来たらしい近所の人たちが立っているのが見えた。杖《つえ》をついたお年寄りやベビーカーを引いた若いお母さん。皆、節度を保って遠巻きに見るだけだが、それに佑が手を振ったりお辞儀をするだけで、見えない風に吹かれたように人垣がわーっとうねりを作る。

佑はすぐに校舎に戻ったようだが、二年生の体育の隊列は乱れたままだ。フェンス越しの大人たちも興奮さめやらぬ様子でまだそこに残っている。スターが一瞬姿を現した余韻《よいん》が校庭の周りをまだ取り巻いている。

「松尾先生って、昔、佑くんの担任だったんですよね？」

はい、みんな、席に戻って。かっこよかったのはわかるけど、今は授業中ですよ、そんなふうに声をかける美穂に、窓際の席の女の子が尋ねてくる。美穂はまたその話か、と思いながら、「うん、そうだよ」と答えた。

本当は弟の方の担任だったのだけれど、面倒で、ついそう答えた。「すごーい」「いいなぁ！」「ずるーい」と上がる女子たちの声に、「ずるいって何よ」と苦笑する。

給食の時間が終わり、掃除の時間になって職員室にいると、ふいにまた廊下のあたりがざわついた。美穂がなんとなく顔を出すと、会議室の前で、校長と教頭が並んで「お疲れさまでした」と頭を下げている。六年一組の担任の今井が、「今日はありがとうございました」とお礼を言うのが聞こえた。

「子どもたちにとって、今日の経験はすごく刺激になったと思います」

「いえ、ぼくの方こそ」

声が聞こえた瞬間、無意識に背筋が伸びた。

会議室の前、校長と教頭の後ろ姿の間に佑の姿が見える。——テレビで観るよりずっと華奢《きゃしゃ》で、肌が白く、瞳《ひとみ》が輝いている。小学校時代を実際に知っているけれど、少年のまま年を取ったようにきれいな子だ。生きて動いているのが奇跡に思えるくらい——こういうのを芸能人オーラというのだろうか。

けれど、それでもやはり昔の面影がある。テレビで観るより、実際に会った方がより鮮明に、昔の顔と重なる部分があった。すっと横に流れるように切れた二重の目や、眉毛の角度。

爽やかな微笑《ほほえ》みを浮かべて、佑が答えた。

「子どもたち、本当にかわいいですね。みんな、もっと緊張するかと思っていましたけど、ぼくに何を質問したらいいか、自分と会話が続くように考えてきてくれたでしょう？」

「自分が聞かれて答えられないような質問はやめるようにって言ったんです。好きな食べ物は？って聞いて、佑さんが答えてくれたら、自分は何が好きですって返せるようにしなさいって」

「ああ、だから、『今のお仕事をしていてよかったことはなんですか』って聞いた子が、途中で、『あ、これ、オレは答えられない……』ってもじもじしちゃったんですね」

「あー、そうなんですよ。あいつ、普段はお調子者なんですけど、緊張してて」

「いえいえ、それを女の子たちが『答えられなくてもとりあえず最後まで口に出してみなよ！』って励ます姿もぐっときました。今井先生がいい先生だからなんでしょうね。クラスの雰囲気がとてもよかった」

「いや、そんな……」

今井先生、という個人名が出て、今井の心がぎゅっと佑に摑《つか》まれたのがわかった。

——と、その時だった。

佑が不意に顔をあげ、遠巻きに様子を眺めていた美穂の方を見た。

目が合った。

直接見つめられると、改めて、びっくりするほど目が澄《す》んでいて、視線に力がある。咄嗟《とっさ》に目を逸《そ》らしてしまいたくなる。

その時だった。

「佐藤、先生？」

と彼が呼んだ。

「佐藤美穂先生ですよね？」

美穂の旧姓のフルネームだ。胸がどくん、と鼓動《こどう》を撥《は》ね上げる。極力動揺を悟られないように「あ……」と声を出す。控えめに、顎《あご》の下で小さく手を振る。

「覚えてる？　やだ……、本当に？」

「覚えてますよ。弟の担任だったじゃないですか」

「うん。でも、佑くんは本当にすごくなっちゃったから私のことなんか覚えてないかもなって思って」

「さっき、校長先生たちに聞いたんです。ぼくがいた頃の先生で、まだ学校にいる先生がいるって。苗字が違ったけど、佐藤先生のことだったんですね」

「結婚したから。うちの娘もね、今、小四なんだけど、あなたの大ファンなのよ」

話しながら、佑の弟の名前を思い出そうとする。ああ、そうだ、確か――。

「懐かしいわぁ。晴也《はるや》くんは元気？」

そう聞いた、瞬間だった。

「ねえ、戸沢《とざわ》さん」と、佑がおもむろに、自分の横にいた小柄な女性に声をかけた。

「確かまだ時間あるって言ってたよね。このまま車で向かっても、東京に戻る新幹線まではまだあるから駅で時間潰さなきゃって」

「そうだけど」

「二十分、くれない？」

美穂を見て、彼が言った。

「佐藤先生と、ちょっとだけ話してもいいですか？」

それは、その場にいた全員に向けられた声のように聞こえた。校長や教頭と、そして美穂に向けて。思わぬことに呆気《あっけ》に取られる美穂の前で、校長が即座に「もちろんもちろん」と頷《うなず》いた。

「松尾先生、確か、午後は授業ないよね？　よければ話したら。滅多にないから、こんな機会」

「すいません。わがまま言って。つい、懐かしくて」

佑が言う。今度は撮影クルーに向けて茶目っ気を振りまくような笑顔になる。

「こっからはカメラの密着、勘弁してくださいね。プライベートなんで」

「恩師との懐かしの再会なのに？　いい絵になりそうじゃない」

この場の責任者と思《おぼ》しき男性が冗談でもなさそうな口調で言う。その声に、自分がテレビに出ることにでもなったら――と、一瞬緊張するが、佑が美穂をかばうように首を振った。

「先生を利用するのはやめてよ。本当にちょっと話したいだけだから」

そう言って、「ね、先生」と美穂の方を見た。

その目で見つめられると、身の置き場がなくなる。化粧はしてきたつもりだけれど、素人のそんな努力が一瞬で丸裸にされたも同然に思えてきて、落ち着かない気分になる。

驚きながら、美穂は「いいの？」と佑を見た。

「忙しいんじゃないの？　大丈夫？」

「いいんです。着替えるまで、ちょっと待ってもらえますか」

佑が答えた。

3

「お待たせしてすいません」

廊下で待っていると、会議室のドアが開いて彼が顔を見せた。さっきの格好はやはり撮影用の衣装だったのか、ラフなTシャツとジーンズに着替えていて、こちらはさっきのような新品という雰囲気がない。彼の私服のようだった。

美穂は恐縮しながら部屋の中に入る。

「ありがとう、ごめんね。本当に大丈夫？　ほんのちょっと挨拶ができたら嬉しいなとは思ってたんだけど、こんな、時間を作ってもらうなんて」

「大丈夫ですよ。ぼく、先生とは本当に話したかったんです」

佑のいる場所の正面の机に鏡が置かれ、メイク道具が広げられている。壁の横には衣装がかけられたハンガーもあり、普段の味気ない学校の会議室が、すっかり芸能人の楽屋に様変わりしていた。戸沢と呼ばれた彼のマネージャーらしき女性と、ヘアメイクと思しき人たちがまだ片付けをしている。

「どうぞ」

メイク道具のない隅の椅子《いす》を示され、美穂が座ると、正面に佑も椅子を持ってくる。

この距離で顔を合わせると、元教え子相手とはいえ緊張した。

彼の目から見れば、美穂は四十を前にしたおばさんだ。そう思うとなんだかいたたまれない思いがするが、この子相手にそんなことを考えること自体がおそらく図々しいのだろう。国民的アイドルを前に私もちょっと舞い上がっているのかもしれない、と心の中で苦笑する。

家に帰って今日のことを話したら、娘はさぞ驚き、喜ぶだろう。ママずるい、とあの子にまた言われるところが想像できる。

「時間がないので、本題から入っていいですか。ぼく、先生に」

本題？　と思いながら、美穂は「ええ」と反射的に頷く。

思ったのは、——思っていたのは、お礼を言われるのではないかということだった。

小学校時代の、運動会の入場門の一件。

誰も当時の佑の意見とアイデアに耳を貸さなかった中、美穂だけがそれを後押しした。子どもだからと頭ごなしに否定せず、自由にやらせてくれる大人に巡り合ったことで、彼の中では何かが確実に変わったのかもしれない。

たわいない気持ちでしたことだから、お礼を言われるほどのことではない。そう答えようと佑を見ると、彼が優美に微笑んだ。

ファンの子たちがみんな、「たすくんスマイル」と呼ぶ、あの微笑みで。

「先生に聞きたいことがあるんです」

「聞きたいこと？」

「はい。先生、ぼくのことを、当時はパッとしない子だったって、あちこちで言ってるって本当ですか？」

喉《のど》の真ん中で、息が——止まる。

黙ったまま佑を見つめ返す。自分の目の動きが、自分でもひどくぎこちなくゆっくりとしたものに感じた。

佑は微笑んだままだ。言葉の内容と裏腹に、張りついたような完璧な笑みが浮かんでいて、それはまるで、さっき今井に子どもたちの可愛さを語っていた時と微塵《みじん》も変わりがないように見える。

「記憶にない、パッとしない子。目立つ子たちは他にいて、ぼくも弟もそう印象に残る子じゃなかったといろんな人に言っていると聞いたんですが」

「誰に？」

声が上ずる。

言ってない、言ってない、言ってない、と頭の中で声がこだまする。

そんなこと言ってない。

私が言ったとこの子に伝えたという人がいると言うなら、その相手に対して殺意に近い思いが芽生える。

佑が立ち上がり、壁を背に寄りかかった。座ったままの美穂を見下ろすような格好で、「そうだな」と腕組みをする。

「たとえば、今日も聞きました。ぼくのところに挨拶に来てくれた校長先生たちから。ぼくがいた当時の先生で、まだ残っている先生もいますよ。当時は真面目でおとなしくて、パッとしない子だったけど、今はこんなすごい人になって驚いてるって言ってましたよ――」

校長のセリフは、どこまでその言葉通りに言われたのだろう。なんてことを！　と美穂は思う。信じられない。そんなふうに明け透《す》けに本人に伝えるなんて。

それに、私は、真面目でおとなしい、なんて言っていない。校長が大雑把《おおざっぱ》に付け加えた言葉の乱暴さに、頭を掻《か》きむしりたくなる。

絶句する美穂に、佑が首を振る。顔はまだ微笑んでいた。

「よくあるんですよ。こういうこと。みんな悪気なく、こっちが傷ついたりするかもしれないなんてこと考えずに、とにかく知ってることはすべて口にしちゃうんです。相手がどう思うかじゃなくて、知ってるっていう親近感を出す方が好きなんでしょうね」

「私はそんなふうには言ってないよ。パッとしない子なんて、そんな――」

心臓がきりきりと、嫌な音を立てるのが聞こえるようだった。言葉を浴びせられただけなのに物理的に本当に胸が痛くなることなんかあるのだ。あわてて言う。

「ただ、当時の佑くんがすごく真面目ないい生徒だったって、言いたかっただけで」

校長が「真面目でおとなしい」という言葉を使ったことに反発を覚えたのに、同じ言葉が口から出てしまう。だけど他に言いようがない。

佑が「そうですか？」と首を傾《かし》げる。まるでドラマのワンシーンみたいな仕草だった。

「まあ、じゃあ、それはそれでいいですけど、ぼく、他にもいろんな人から聞いたんです。両親の知り合いや親戚、先生の友達だという人に偶然会った時も言っていたし、先生の教え子だったという子からもらった手紙にも書いてありました」

佑の目が宙を見る。見えないその手紙を読み上げるように、続ける。

「『ところで話は変わりますが、佑くん、佐藤先生って知ってますか？　結婚前の苗字ですけど、その先生が、小学校時代の佑くんを教えてたそうで、今なんと私の担任の先生なんです！　佑くんは、当時は全然今みたいじゃなくて、むしろパッとしないタイプだったから、きっと中学や高校に入ってから相当努力したんだろうって言ってました。それを聞いて、私も頑張ろうって、そんなふうに思いました』――」

ひとつなぎのセリフをしゃべるような佑の声を聞きながら、美穂は戦慄《せんりつ》していた。

誰だろう、とまず思う。去年担任したクラスの園原美冬《そのはらみふゆ》だろうか。あの子だったらおしゃまで口が達者だからありうる。「銘ｚｅ」のことも好きだと言っていた。

次に思ったのは、図々しい、ということだ。

誰か知らないが、そんなことを手紙に書くのは、佑に少しでも自分の存在をアピールしたいからだろう。メディアに出る前のあなたを知っている、という、佑の言う通りの親近感アピールだ。校長だってそうだ。見慣れない芸能人を見て緊張し、不安だから雑な言葉でまずは知っているありったけのことを相手にアピールしてしまう。あなたのことを知っている先生を知っています、と。

だけど、図々しい。彼らが話す佑の話はすべて所詮《しょせん》伝聞で、彼らの体験や思い出ではない。すべて他人の——美穂の思い出だ。

それを使って佑と距離を詰めようなんて、図々しいにも程がある。しかも、彼らのそんな短絡的な考えのせいで、今、当の自分は彼におかしな誤解をされている。

佑の顔が、いつの間にか微笑みを消して、真顔になっていた。「まだあります」と彼が続けた。

「去年、県の観光大使に選ばれたイベントに行った際に、先生の旦那さんだという人から声をかけられました。『うちの妻のこと覚えてますよね？　佑くんに図工で絵を教えて、運動会の入場門の指導をしたのよって、ぼくにいつも自慢してるんですよ。黒い色で塗りたいっていうのを担任の先生に反対されてるのを、私が庇《かば》ったのよって』。旦那さん、とても嬉しそうでした」

県庁職員の夫が、県の観光課に籍を置いていた時のことだろう。あの時、夫が言っていた。イベントに来た佑に声をかけ、佑がそれに、「あ、佐藤美穂先生の旦那さまなんですね」と答えたと。それを聞いて、覚えててくれたんだ、と嬉しかったのに。

けれど、夫がそんな言葉で佑に話していたとは知らなかった。自慢してるなんて身内だとしてもあんまりだ。もっと他に言い方があるだろうに。

今はそばにいない夫の鈍感さに苛立《いらだ》ちながら、美穂はひとまず、「ごめんなさい」と佑に謝る。

「うちの人、そんな言い方をしたの？　自慢なんて、私はそんなつもりはなくて」

「あ、大丈夫です。慣れてますから。昔のぼくのことを知ってますって、人が人に話すのも、それを聞いた人が、自分の知り合いや担任があなたのことを知ってますってぼくに教えてくるのも、先生に限らず、よくあることなんで」

佑が淡々と言って、その言葉の突き放すような響きに背筋が凍《こお》る。「でも、ぼく」と彼が続けた。美穂を見つめる。

「慣れてるし、それでいいんですけど、だけど、知っておいてもらえますか？　ぼく、他の誰にそうされてもいいけど、佐藤先生にだけはそれが許せない。先生には、ぼくのことを話してほしくないんです」

佑の言葉が、これまでで一番鋭い氷の刃《やいば》のように美穂の心臓を打ち貫《ぬ》く。

言われた内容が、心の中に沁《し》みこんで理解できるまで時間がかかった。見開いた目が一瞬で乾いた。

どうして、という声が、喉の途中で萎縮《いしゅく》したようになって出てこない。

すると、その時、「お疲れさまでした」と声がした。その声にびくっとなって振り返る。片付けをしていたヘアメイクや衣装のスタッフたちが、佑に向けて声をかけたのだ。

人がいるのをすっかり忘れていた。今の話を全部聞かれていたのかと思うと、耳が燃えるように熱くなる。彼女たちに佑が優美な微笑みを返す。

「お疲れさま」

「私たち、外に出て待ってましょうか」

「うん、そうしてくれる？　ごめんなさい」

マネージャーの戸沢は、いつの間にか姿がなかった。メイク道具や衣装を詰めたらしいスーツケースを引いて部屋を出る彼女たちがドアの前からちらりと美穂を見て、すぐに目を伏せた。

美穂は机の下で、ぎゅっと自分のスカートを握りしめる。逃げ出したい、と心底思った。

4

「どうしてなの……かな？」

スタッフが出ていき、二人だけになって、ようやく聞けた。胃の中のものが全部ひっくり返ったように感じる。こんな痛みに晒《さら》されるのは大人になってからはほとんど初めてだ。

「私……。何か、あなたに嫌われるようなことをしてしまった？」

「先生は、ぼくのことも、弟のことも、好きではありませんでしたよね」

ぴしゃりと佑が言う。

言葉の強さに美穂がまた言葉を飲み込んでしまうと、佑が続けた。

「先生の言った通りの、パッとしない子。先生の印象は、ぼくのことも弟のこともそうだったはずです。先生は、当時若くてとても人気がありましたよね。みんな、かわいいって言っていたし、女子なんかは恋愛相談の手紙を先生に渡して返事をもらったと喜んでいる子たちもたくさんいた。年配の他の先生たちには話せないようなことも話せるし、若いからぼくらの気持ちをわかってくれるって、中には、誰々がムカつく、みたいな話をしていた子もいて——」

佑が冷《さ》めた目で美穂を見る。

「そうだよね、あの子は性格が悪いよねって先生が言ってくれたって、女子が盛り上がっていたけど、覚えてますか？　先生も性格悪いってお墨付《すみつ》きをくれたわけだから、あの子は本当に外されても仕方ないんだって、その子を軽《かろ》んじる空気がそれで一気に加速した」

「ちょっと、それは……」

覚えがない。

だけど、わからない。若くて独身の教師は、狭い学校の社会の中では確かにそれだけで子どもに懐かれる理由になる。あの当時は女子から手紙をたくさんもらった。恋愛相談のものもあったし、佑の言う通り友達の悪口が書かれたものもあった。先生にも同調してほしい、という露骨な意図がそこに見え隠れしていたけれど、職業上、美穂は絶対にそれにたやすく乗ったりはしなかったはずだ。

「性格が悪い、なんて、私は言わなかったと思うわよ。返事をしたとしても、あの子には困ったところがあるけれど仲良くしてね、とか、その程度じゃないかしら」

「困ったところがある、という言い方でも十分にぼくはどうかと思いますけどね。教師なんだし。少なくともぼくが大人ならしません」

佑が言って、美穂は口を噤《つぐ》む。自分よりもずっと年下の、少年のような男の子に蔑《さげす》むような目を向けられたまま、動けない。

「教室の狭い世界の中では、担任の先生の言葉がどんな影響力を持つかくらいわかるでしょ？」

「――あなたや晴也くんがそれで嫌われる対象になってしまった、ということなの？」

だとすればそんなつもりはなかったのだ、と続けて言おうとした美穂に、佑が首を振る。

「ぼくも弟も、そんなふうに手紙を書いたり、先生をかわいいって話したりする子たちを遠巻きに見てるだけだったから、幸い、そんな感じのことに巻き込まれたりはしなかったです。だけど、先生は、ずいぶん調子に乗ってるなぁって思ってました」

調子に乗ってる、という言葉に肌が粟立《あわだ》つ。軽やかにそう口にした佑が微笑む。

「先生がかわいがって仲がよかったのは、そういう子たちですよね。クラスの中心にいて、先生に懐いて、若い先生と友達みたいに接することができるのを喜ぶタイプ。残念ながら、ぼくも弟も先生には懐けなかったから、先生と〝友達みたい〟にはなれなかったけど。なりたいとも思わなかったし。特に、弟の晴也は」

――観察眼が鋭いのだ、と気づいた。

佑が今もＭＣ能力に優れているとか頭の回転が速いと言われている理由のひとつ

が、この観察眼なのかもしれない。腕の鳥肌がおさまらない。

調子に乗っていた、と言われたらそうなのかもしれない。当時、若くて人気がある

ことは、それだけで価値があった。

あの頃、佑はたしかに印象に残らない——パッとしない子だった。けれど、そんな彼が一人、教室の中で今のようなひねた見方で自分を見ていたのだとしたら——。

「覚えていないようなら、言いますけど」

前置きをして、佑が言った。

「先生は、ぼくや弟のことは、いつも疎《うと》ましそうにしていましたよ。弟が、先生のクラスがどんどん先生の王国みたいになって、友達みたいな佐藤先生を中心にまとまる中、それについていけなくて体調を崩すようになった時、ぼく、親に言われて、先生のクラスに弟の欠席を伝えに行ったことがあるんです」

言われて、初めて思い出す。ああ、そうだった。晴也くんは、おなかが痛い、とよく言っていた時期があった。保健室に行きたいです、と保健室に何度も行って、そのまま帰ってこないようなことが。熱がないから、と帰されても、非常階段やトイレに隠れているような、そういうサボり癖みたいなものがあった。

ずっと忘れていたけれど、そんなことがあった。

「『晴也は今日、休みます。すぐにおなかが痛くなってしまう原因の検査をするため

に、母と病院に行きました』。そう伝えに行ったぼくに、先生が『ああ、そうなのよ』と顔を顰《しか》めて言ったんです。『本当に痛いかどうかわからないのに、一日に何度も保健室に行くのよね。困ってるの』と」

背筋が凍る。

また凍る。

――言ったかどうかわからない。だけど、問題はそんなことじゃない。問題は、佑が美穂がそう言ったと思っている、そう記憶している、ということだ。

「ぼくは」と佑が言う。その目の奥に翳《かげ》りが見えた。

「弟がなんで学校を休むのか、理由がわかった気がしました。保健室に行きたがるのも。先生は人気のあった先生ですけど、だからこそ、先生のことが嫌いだなんて言いにくい。先生が担任だった二年間は、弟にとって地獄だったと思います」

「知らなかった」

声が口を衝《つ》いて出た。泣きそうな思いで佑を見る。

「知らなかった。晴也くんがそんな思いをしていたなんて」

「そうですか？　先生にとってはきっと些末《さまつ》な出来事だったから、どうだってよかったんでしょうね」

ぼくのことだってそうです――、と彼が続ける。

「先生にとって、ぼくは本当に取るに足らない子どもだったんでしょうね。ぼくのクラスに授業に来ている時も、先生はぼくの名前をいつも弟と間違えて呼んでいましたよ。『晴也くん、晴也くんの班はあっちでしょ』『晴也くん、もうその辺で描き終えて。途中でも提出して』。たいていは怒られる時でしたけど、ぼくは最初、それが自分を呼んでいるものだとわからなくてきょとんとしてしまうことがよくありました。途中からは訂正するのもやめましたけど、先生にとって、それぐらいぼくらのことは大雑把に括《くく》って処理していい存在だったんでしょう?」

唇《くちびる》を嚙《か》みしめる。

それはあまりに悪意がある言い方ではないかと思った。教師が兄弟で通っている子の名前を間違えるなんてよくあることだ。けれど、今それを口にするのは、佑の要らぬ反感をさらに買ってしまうような気がして黙ってしまう。

「ぼくの母は、息子のぼくから見ても立派な人だと思うのですが」

佑が急に話題を変えて、美穂はこわごわと彼を見た。

高輪兄弟の母親。確か、後に芸能人になるような息子を持っていたなんて思えない、平凡な、おとなしそうな主婦だった。

「弟の体調不良の原因が精神的なものにあって、それが佐藤先生のせいだろうと薄々わかっていても、母はぼくに、先生のことを悪く言うことは一切ありませんでした。

学校の先生は正しい人で、尊敬しなければならず、それは好きや嫌いという気持ちで片付けていいものではないんだと、そう思って、ぼくや弟の前では何も言わなかったんだと思います。でも、一度だけ」

佑が目をゆっくりと歪《ゆが》めた。

「一度だけ、その母が声を荒らげたことがあります。ぼくの教室に佐藤先生が授業に来た時、先生に懐いていた女子が先生にこう聞いたんです。『先生、低学年のクラスの担任なんだよね？　私たちとはやっぱり違う？』。それに対し、先生はこう答えました。『うん。みんな当たり前のことを何にも知らないから驚いちゃう。教えないと、こんなこともわからないんだって、みんなが見てもきっと呆《あき》れちゃうくらいだよ』」

佑の目は、もはや憐れむようだった。美穂から視線を逸らさない。

「――先生が仰《おつしや》ってた、その低学年は、ぼくの弟の、晴也のクラスです。ぼくは、このことを自分の母親に、たわいない気持ちで話しました。弟の担任の、佐藤先生がこう言っていたと。すると、母は聞いたこともないほど激しい声でこう言いました。『そんなの、子どもなんだから当たり前じゃない！　何を言っているのよ！』と。――悔しそうで、泣きそうな、その母の声を聞いて、ぼくは思ったんです」

佑の目が、射貫《いぬ》くように美穂を見た。

「世の中には、尊敬しなくていい大人もいるんだ、と。佐藤先生は、ぼくにそれを教えてくれた、初めての人です」

会議室に、その声が一際静かに響き渡った。佑が尋ねる。「裏切りではありませんか?」と。

「晴也のクラスの、先生に懐いてくれていた子たちに対しても、そんなふうに言うのは裏切りだったんじゃないですか? 高学年のクラスの女子と気の合う会話をするためなら、自分が受け持っていたクラスの子たちのこともそんなふうにあっさり貶《おとし》めてしまうことができるんだと思ったら、ぼくは、なんだか先生がより立場の強い子に媚《こ》びるクラスの女子と変わらないように見えました」

「そんなこと、本当にあっ――」

「ありました」

美穂の声に、間髪《かんはつ》容れず、佑が声をかぶせる。「すいません、お時間いただいて」と、佑が取ってつけたように丁寧《ていねい》な口調で言う。

「その佐藤先生が、今、ぼくのことをあちこちでお話しになっていると聞いて、どうしても、これだけは伝えておきたかったんです。ぼくら家族はみんな、あなたのことが大嫌いです」

口が利《き》けなくなる。呼吸する自由を奪われたように佑を見ると、佑の冷たい目が美穂を見下ろしていた。

「――数年前に、当時弟の同級生だった女の子が、教師になったと聞きました。お花屋さんのお嬢さんで、何か行事があるたびに先生にお礼の鉢植えを持ってくるその子を、先生はとてもかわいがっていましたよね。その子が教師を志《こころざ》した理由が、小学校時代に自分を担任してくれた先生に憧れてというもので、それが佐藤先生のことだと聞いて、ぼくも母も、信じられない気持ちになりました。正直、ぼくらはその子とも気が合わないと思う」

その子のことなら覚えている。根津佐奈《ねづさな》ちゃん。教師になった、と報告に来てくれて、とても嬉しかった。今は県内の別の小学校で働く同業者で、県内の研究会などで会うたびに、話しかけてくれる。

あなたがぼくの何を知っているんですか、と佑が聞いた。

「ぼくに手紙をくれた、先生の元教え子の手紙には、こうも書いてありました。詩を書くことが好きで、書いていたけれど、松尾先生に『そんなもの書いて何か賞でももらえるの？　中学受験の役に立つの？』と言われて、すごくショックだった。書くのをやめて、無事に私立の中学に受かってから、先生にそう伝えたら、『だからダメなのよ』と言われたと」

佑の声が、美穂の言い方を真似するように高くなる。

『昔、佑くんを担任していたとき、彼は作っているものを周りに反対されてもやり続けた。だから結果が出たのに、言われたからってやめるようじゃやっぱりダメで、反対をバネに頑張れるようにしてほしかった』。——先生は、その子にそう言ったそうですね」

佑が肩を竦《すく》める。ため息をつく。

「正直、ご自分をものすごいこじつけで正当化されていると感じます」

佑の話を聞いて、元教え子の誰が書いた手紙なのか、ようやくわかった。

数年前の卒業生。私立の中学受験を控えて、勉強にやる気を出させてください、とお母さんに言われた。確かにあの子は詩を書いていた。書いてないと死んじゃう、書くことは自分の命だと言って見せてもらった文章は、どれも三流の少女漫画のモノローグみたいなひとりよがりなもので、一時の熱量で書いていることが明らかだった。受験にやる気を出させるためにやんわりと、今は勉強をするようにと伝えた。

具体的にどんな言葉を言ったか、正確なところは覚えていないけれど、そんなにきつい言い方じゃなかったはずだ。「銘ｚｅ」のファンだと言っていたから、佑のことも例に出したかもしれないけれど、それだって、美穂なりのサービス精神みたいなものだった。

繊細すぎてついていけない、と思う。

その子も、佑も、佑の弟も。

人の言葉をいちいち覚えていて、勝手に傷つくのはやめてほしい。こっちはそんなに深く考えていないのに、繊細すぎる。

佑に手紙を書いた子に途方もない苛立ちを感じるけれど、彼女の名前が思い出せない。そのこともまた美穂の苛立ちに拍車をかける。自分がダメな教師だと責められている気になる。

「認めてください」と佑が言った。

「ぼくのことを〝パッとしない子〟だと言ったなら、それこそがぼくと先生の関係がその程度だったことの証明です。先生が仲がよくてかわいがっていたのは、ぼくでもぼくの弟でもない誰かで、ぼくらじゃない。ぼくにも、恩師と呼べる先生が何人かいます。その先生たちは間違っても、ぼくの印象を聞かれた時に〝パッとしない子だった〟なんて答えない。ぼくと何を話して、どんなやり取りをしたか、ちゃんと覚えている先生たちと、あなたは違う」

美穂はもう佑の方を見る気力も失っていたが、佑がそれを許さない。逃げ場のない声が辛辣《しんらつ》に、はっきりと言った。

「記憶を捏造《ねつぞう》しないでください」と。

「先生がその程度でぼくを知っている、とあちこちに話していると知った時、ぼくは、全身の血が沸騰《ふっとう》するんじゃないかと思うくらい怒り狂いました。あなたの旦那さんに会った日に、一緒にいたスタッフが後で慰《なぐさ》めてくれました。きっと、ぼくを直接知っている人の数だけ、頭の中で、その人だけの高輪佑と自分のストーリーがあって、関わっていたと思いたいんだろうと。それでいいと、ぼくも思います。けれど、繰り返しますが、ぼくはあなたにだけはその自由を許したくないんです」

――トントン、とドアのノックの音が聞こえたのは、その時だった。

美穂を凝視したままの佑が、顔も向けずに声だけで「はい」と返事をする。廊下から、マネージャーのものらしき声がした。

「佑、そろそろ」

「わかりました。もう行きます」

助かった、と思った。

もう解放してほしい、という気持ちで「じゃあ……」と立ち上がろうとすると、佑がすごい目で美穂を睨《にら》んだ。それにより、自分がこんな状況でも彼に何か言わなければいけないのだと緩慢《かんまん》に気づく。

佑の目が、はっきりと呆れている。ごまかして帰るつもりなのかと――、失望されていると言ってよい目で、佑がこちらを睨んでいる。

謝った方がいい、謝るべきなのだ――と、頭ではわかる。けれど、美穂の口から出てきたのは、別の言葉だった。

「……私、そんなに悪いことした？」

思わず口を衝いて出た本音だった。

美穂は途方にくれていた。だって、私は佑のこともその弟のことも率先してクラスから外したわけでもなければ、つらくあたったわけでもない。いじめに遭《あ》っていたのを助けなかったというわけですらない。ただ、私に懐いていた子どもたちが他にいて、佑も弟もそうではなかったというだけの話じゃないか。

それなのに、かわいがってくれなかったと恨まれるのは逆恨みもいいところだ。他の人に、小学校時代の佑を知っていると話したのだって、ただ、本当に知っていたから、自分の知っていることを話しただけなのに――。

「もういいです」

佑がきっぱりと言った。

美穂は本当に答えを知りたかった。だって、私は今こんなふうに恨み言を聞かされるほどのことは、何もしていない。

「わからないなら、それでもいいです。だけどひとつ、お願いがあります」

「お願い？」

「今後、もう二度とぼくのことを見ないでもらっていいですか」

佑の目の奥が暗かった。その目で美穂をじっと見下ろしている。

「ぼくがどこで何をしていても、ぼくの姿をこれ以上見ないでください」

「それは無理だよ。あなた、自分がどれだけテレビに出てるか知らないの？」

冗談だろうと思った。そう思って半分笑いながらかけた声に、しかし、佑の表情は崩れない。彼が本気で言っているらしいと知って、何度目かわからない戦慄が全身を襲う。半笑いのまま、顔が固まる。

「それでも見ないでください。テレビで観る可能性があるなら、一生テレビを観なければいい。雑誌で見ることがあるなら、書店に行かないでください。ぼくはあなたにぼくを見ていてほしくないんです」

「でも」

娘は「銘ze」のファンだし、佑をテレビで観ない日なんてない。家族で毎年観る年末の歌番組だって、今年は司会をやるという話だし――。今朝、家を出る時までは、娘のために佑のサインをもらえたらいいなんてことを考えていられたのが、信じられないくらい遠い記憶に思える。

「でも」と言った、声の先が続かない。

少し遅れて、胃の底が震えるような恐怖がやってきた。見ないでください、と言われても、おそらく美穂は望むと望まざるとにかかわらず、この子の姿をメディアで目にするだろう。完全に見ないのは無理だ。

けれど、思い出さない自信がなかった。

この子の姿を見るたびに、「見ないでください」と言われたこと。「大嫌い」だと言われたことを。娘が彼の話をするたびに、胸に嫌な思いが込み上げるかもしれない。それがずっと続くのか――。

「約束してください」

佑が言った。強い声で。

「金輪際《こんりんざい》、ぼくをもう、見ないでください」

佑が壁から身を起こし、会議室を出ようとする。美穂は唇を嚙みながら、どうにか「待って」と彼を呼び止めた。

「――私がひどいことをしてしまったと、あなたたち兄弟や――お母さんたちが思っているというなら、謝るよ。ごめんなさい」

もう、この時を逃したら言うこともできないのだと思って、懸命に気力を振り絞る。本当はまだ釈然としなかった。そこまでひどいことはしていない。けれど――。

「言ってしまったことって、言った方が覚えていなくても、言われた方は傷になって覚えていることとってあるものね。私の場合もそうだったのかもしれない。ごめんなさい」

佑は黙っていた。その沈黙に耐えきれなくなって、言葉を重ねる。

「晴也くんは元気？　まだこっちにいるのかしら。いつか、機会があったら本当に謝りたいわ。ごめんなさいと、あの子にも伝えて」

「——元気ですよ。楽しくやってます。だからもう聞かないでもらえますか」

佑がスタスタ、こっちも見ずに歩いていく。そのまま、振り返らずに言った。

「やった方は覚えてなくても、やられた方は覚えてる。——正直、そんな一般論でいじめを語る時みたいな薄っぺらい言葉で片付けないでもらいたい。わからないならそれでいいですから、ぼくがあなたみたいな教師だけは許せないし大嫌いだって思ってることだけ、知っておいてください」

「でも……」

「あ、それから」

ドアを開ける一歩手前で、佑が振り返った。その顔が、——これまで見たこともないほどに曇りのない、晴れやかな笑みを浮かべていた。たすくんスマイル、と呼ぶにふさわしい、完璧な微笑みだった。

「先生が繰り返し、誰にでもお話しになっている、運動会の入場門の話。あれ、作ったの、ぼくの代じゃありませんから」

「え……！」

「真っ黒い、まるでデスメタルのアルバムジャケットみたいだったあの門のことですよね？　あれ、作ったの、ぼくらのひとつ上の代です。描いたの、ぼくじゃありません」

先生の勘違いです、と、彼が言った。

5

「じゃあ、先生方。本当にお世話になりました。懐かしかったです！」

撮影機材を積んだワゴン車に乗り込む前、佑が晴れやかな笑顔で校長先生たちに向けて頭を下げた。

「特に今井先生。あの子たちによろしく伝えてください。あの子たち、クラスの雰囲気がすごくよくて、先生のことが本当に大好きなのが伝わってきました。卒業の年に先生のクラスになれた子たちは幸運ですね！」

佑の言葉に、今井が恐縮しきって、「ありがとうございます」と頭を掻いている。

その姿を直視できなかった。

いい先生、いいクラス、大好きな先生。

さっきは何気なく聞いていたその言葉が、今は美穂に聞かすために敢えて言われた嫌みに聞こえる。

佑の、嘘がなさそうな完璧な笑顔を見ていると、まるでさっきの会議室での会話はすべてが夢か何かだったように思えてくる。しかし、佑が美穂を見た。「佐藤先生も」と微笑む。

「今日はありがとうございました。約束、守ってくださいね」

明るく軽やかに、健全な何かを〝約束〟した素振りで言って、美穂に手を振る。校長や教頭が、よかったですね、というように、柔和な笑みでこちらを見るので、美穂もぎこちなく「ええ」と彼に向けて頷いた。

佑が車に乗り込み、ワゴン車が駐車場を出ていく。

竜巻のようなものすごいものが通り過ぎて行ったように思ったけれど、あとには、さっきまでそこに「銘ｚｅ」の高輪佑がいたなんて思えないほどさっぱりとした、いつもの学校風景が残った。

美穂はのろのろと職員室に戻る。心身ともに消耗《しょうもう》していて、今日はもう早退してしまいたいけれど、そうもいかない。机に戻って、気がまぎれるようなやりかけの仕事はないか探していると、事務員の前野が通り過ぎ、「松尾先生、よかったですね」と声をかけてきた。

「たすくんと何話したんですか？　羨《うらや》ましい！」

「ああ……」

緩慢に顔だけそちらに向ける。微笑みを浮かべようとしたけれど、口元が疲れていてうまく笑えなかった。どうにかこうにか、言う。

「別に、何も。私は、あの子の担任じゃなくて、弟を担任してただけ、だから」

「あー、たすくんの、あの亡くなった弟さんですね」

「えっ！」

声が出た。

前野の顔を凝視してしまってから、しまった、と思う。美穂の反応に、彼女の方も驚いていた。「え？」と彼女が逆に、美穂に問い返す。

「たすくんの弟さん。大学時代に交通事故で亡くなったたっていう……」

前野が戸惑うように美穂を見ている。遠慮がちに「知らないんですか？」と尋ねる。

「本人が、あんまり、そのことを悲劇みたいに扱われたくないからって、家族のことはあまり公《おおやけ》にしてないみたいですけど、有名な話で……。私、他の先生たちから、地元の人たちはみんな知ってることだからって、教えてもらったんですけど」

まさか知らないんですか——と、尋ねる前野の声が耳からどんどん遠ざかる。担任だったのに？　というこれは、実際に聞かれているのか、美穂の幻聴かわからない。

知らなかった。

本当に、知らなかった。

この狭い県内で元教え子に何かあったら、いい話も悪い話もすべてが自然と耳に入ってくると思っていた。なのにどうして――と思って、考える途中で、ああ、と気づく。背中がすっと寒くなる。

教えてもらえなかったのだ。

必要なところには、おそらく、彼の両親が連絡をとったのだろう。その中には、美穂の同僚だった教師たちだっているかもしれない。けれど、あの家族の中で、どうやら美穂の評価は最悪だった。我が子の訃報を伝えることを彼らが拒み、佑が〝恩師〟と呼ぶような美穂の元同僚たちも、美穂にまさか伝わっていないとは思わなくて、連絡してこなかったのではないか。

「――いつ？」

「たすくんがもう今の事務所に入って研究生をしてた時で、弟さんは大学生だったって話ですけど。都内の大学に通ってて、一人暮らしのアパート近くの道路で……」

「じゃあ、知らなくても無理なかったのかもしれない。卒業から何年も経ってたし、もう大学生で、しかも県外に行ってたんなら、私には」

恥も外聞もなく、言い訳のように口にする言葉が止まらなかった。

話しながら、だからだったのだ、と気づいてしまう。

美穂は今日、よりにもよって、佑に聞いてしまった。

晴也くんは元気？と。

それにより、佑はすべてを理解したのだ。美穂が、担任していた弟の死を知らなかったこと。耳に入らなかったことで、それぐらい関心が薄かったのだと思われた。

それは、私のせいじゃないのに。

あの子たちの家で、美穂はどうやら嫌われていたらしい。若くして亡くなった弟の元担任教師。弟が嫌っていたその教師が、自分の恩師のように振舞っていると知って、佑は我慢ができなかったのだろう。

晴也くんは元気？　と尋ねた美穂に、佑が答えた。

――元気ですよ。楽しくやってます。だからもう聞かないでもらえますか。

最後まで、ちゃんと話してはもらえなかった。あの子が言う通り、あの子の家で、自分は相当に嫌われ、恨まれていたのだ。

額《ひたい》に手を当て、深くため息をつく。何かを察したらしい前野が、すっと美穂から距離を取って離れるのがわかった。

頭が痛かった。

俯《うつむ》きながら、考える。

私のせいじゃない。

大学時代に晴也が急死したのも。その晴也が小学校時代に繊細で、おなかが痛くなったのも。全部たまたまで、私がいちいち恨まれるのは筋違いだ。

記憶違いはどちらだろう、と思う。

たとえば、入場門の話。

黒い入場門を作ったのは、自分のひとつ上の代で、描いたのは自分じゃないと。佑はそう言ったけれど、美穂はしっかり覚えている。あれを提案したのは佑だし、私はそれを、担任の先生の反対を押し切って後押しした。賛成して、彼を庇って、味方した。佑に対して、そんなふうにちゃんと力になっていたことだってあったのに。

記憶を捏造しないでください——という佑の声が、耳の遠くに弾ける。そんなことはない。ちゃんと覚えている。私は確かにあの子の味方だった。力になった思い出はなかったことにされて、繊細すぎて傷ついた、悪い話の方だけ責められるなんて理不《りふ》尽《じん》だ。

泣き出しそうになってくる。

「ねえ、教頭先生。運動会のうちのクラスの出し物、『銘ｚｅ』のダンスにしてもいいですか？　同じ振付は無理かもしれないですけど、曲だけでも」

佑と話したことで気をよくしたらしい、今井の声が職員室に響き渡る。

勘弁して、と美穂は思う。

見ないでください、と言われた声がまだ鮮明だ。運動会の練習期間の間、彼らの曲を聴き続けるなんて耐えられない。

娘になんて言おう。

二人で話したよ、とそれだけ、言おう。私のこと、覚えててくれたよ、とそれぐらいは付け加えてもいいだろうか？

額から手を外し、美穂はようやく顔を上げる。ゆっくりと席を立ち、佑の話をまだ続ける他の教師の声から耳を塞《ふさ》ぐように、職員室を出た。

ママ・はは

散らかった部屋の中、私との話が佳境に差しかかったところで、スミちゃんのスマホが鳴った。

ポケットからスマホを取りだしたスミちゃんが画面を見て、「あ、ママだ」と呟《つぶや》く。

「ごめん。明日手伝いにきてもらうんだけど、何かあったのかも。出てもいい？」

「いいよ、いいよ。ごゆっくり」

「ちょっと待ってて」

スミちゃんがスマホを片手に廊下に出ていく。ドアを閉めたせいで小さくなった彼女の声が、あ、もしもし。どうしたの、ママ、と話すのが聞こえた。

主のいなくなった部屋の中を私は見回す。

部屋のあちこちに置かれた段ボール箱、中身がすっかり引き出されて何もなくなった本棚、引き出しが開いたままの空っぽの箪笥《たんす》――。それらの上に、午後の傾き始めた陽射しが降り注いでいる。

引っ越し業者のトラックがやってくるのは明日だということだった。その前に荷物をまとめるのを手伝ってほしい——、住吉亜美《すみよしあみ》からそう連絡があったのはひと月ほど前だ。荷物の運搬は業者に頼むけれど、梱包《こんぽう》までは入っていないプランだから自分と身内でやらなければならない。引っ越しの当日は彼女の両親が来る予定だそうだけれど、私は、その前のこまごまとした荷物の片付けを頼まれた。引っ越しの手伝いとはいえ、手を動かしながらスミちゃんといつもの女子会のようなお喋《しゃべ》りをするのは楽しく、段ボール箱に物を詰め込みながら、時間があっという間に過ぎていく。

埃《ほこり》っぽくなるから——と開け放した窓から舞い込む三月の風は、陽射しを含んで色だけは明るいけれどまだ少し冷たい。床に置かれたままの雑誌や書類に何気なく目をやって、おや、と思う。積み上げられた冊子の一番上に、分厚いアルバムらしきものが見えた。

はあい、じゃあママ、明日、寝坊しないでね。よろしくお願いします——、廊下の方から声がして、電話を切ったスミちゃんが部屋に戻ってきた。

「ごめん、ごめん。なんか、明日の到着時間の確認だった。伝えたはずなのに、おっちょこちょいっていうか、ちょっと抜けたとこがあって、うちのママ」

「ねえ、スミちゃん。あれ、アルバム？」

「うん？」

スマホをポケットにしまったスミちゃんが私が指さす方に顔を向ける。そして、

「ああ――」と頷《うなず》いた。

「うん」

「いつの写真？　すごいね。ずいぶんちゃんと写真整理してるんだね」

アルバムに目を引かれたのは、それが写真を台紙に貼り付けてビニールを上にかぶせて固定する、分厚い本格的なものだったからだ。私も実家に帰れば、子ども時代からの写真を両親がそんなふうに保管しているけれど、一人暮らしの独身女性の部屋にはそぐわない気がした。所帯じみた感じがするというか。

そんなことを考えていると、案の定、スミちゃんが「違う違う」と首を振った。

「実家にあったのをそのまま持ってきたの。私の成人式前後の写真。記念にって思って。私が整理したんじゃないよ」

「わーっ！　スミちゃんの成人式の写真、見たい。見てもいい？」

「いいよ。たいしたもんじゃないけど」

「成人式、振袖だよね？　スミちゃんだったら何色だろ。ピンク系？　あんま赤系のイメージないけど、黄色や寒色系でも似合いそうだよね」

「うーん、何色だと思う？」

スミちゃんが笑い、私はさっそくアルバムに手を伸ばす。肝心の片付けの方がおろ

そかになるが、昔の写真や思い出の品が出てきて作業の手が中断されるのも掃除や引っ越しの醍醐味《だいごみ》みたいなものだろう。それに、普段から計画的な彼女らしく、梱包は私が来るまでもなくほとんどが終わっていて、もうやることはそう多くないように思える。

アルバムを開くと、最初のページに、アルバムに貼られていない写真が一枚だけ挟まれていた。

実家なのか、「住吉」と表札がかかった洋風の家の前で、スミちゃんが藤色の振袖を着て微笑《ほほえ》んでいる。その横に、彼女のお母さんらしき人が立っていた。ツイードの品のいいスーツを着ていて、胸元にパールのブローチをつけている。一目見て、とてもおしゃれな人なのだろうと思った。優しそうに娘の肩に手を添えている。

写真に写る二人は、まるで同年代の友達同士のような気安さで和《なご》やかに笑っている。いい写真だった。

「スミちゃん、藤色なんだ。すごくいい着物だね。きれい」

「うん。ヒロちゃんは？　何色着た？」

「赤。私の友達にも藤色はいなかったなぁ。珍しいけど、スミちゃんのイメージにぴったりだね。似合う」

薄い藤色の着物には、それよりも濃い藤の花の模様が肩に入っていて、とても美しかった。

写真を見ている私に、スミちゃんが「それよりさ」と話しかけてくる。

「さっきの話、中断しちゃってごめんね。大変だったね、保護者会」

「ああ――、うん」

胃の奥に押されたような鈍い痛みが戻ってきた。

私もスミちゃんも、ともに小学校で教師をしている。年は私が今年で二十七歳、スミちゃんが二十九歳。私が大学を卒業して最初に赴任した小学校に勤めていたのが彼女で、その後、それぞれ別の学校に転任してしまってからも、ずっと親しくしてきた。年の近さや、まだ独身同士という気軽さもあって、お互いの家をよく行き来する仲だ。この家にもちょくちょく遊びにきていたので、今回の引っ越しは、スミちゃんの転任に伴う仕方ないものだとはいえ、私としては少し寂しくもある。

スミちゃん、という呼び名は、彼女が当時担任した子どもたちが呼んでいたものだ。昔から友達にもずっとそう呼ばれてきたという。二歳年上のスミちゃん先生は美人で明るく、子どもたちからも同僚からも信頼される、大好きな先輩だった。先輩だけど、今は私も気安く「スミちゃん」と呼び、敬語も外して話している。

今日彼女に話していたのは、私が受け持っていたクラスで先日あったばかりの保護者懇談会のことだった。年度の終わり、三月に毎年行われるもので、順番に保護者たちから「今年一年を振り返ってどうだったか」「来年一年を通じて、子どもにどうなってほしいのか」を話してもらう。

たいていは、「テレビやゲームの時間が多くて困る」とか「食べ物の好き嫌いが多くて」「親に口答えをして」――というような、どこの家でも共通に困っている内容を披露《ひろう》しあい、わかります、大変ですよね、という雰囲気で頷き合う会なのだが、今年のクラスでは違った。

須賀田《すがた》竜之介《りゅうのすけ》くんのお母さんがいたからだ。

竜之介くんの家は、父親が税理士、母親も自分で美容院を何店舗か経営しているというおうちで両親ともに教育熱心な家庭だった。以前から学校への要求も多く、「教科書なんですけど、今使っているものより、塾で薦《すす》められたこちらを採用したらどうでしょうか」とか、「体操着が汚れたら、その場で子どもたちに洗わせる時間を作ったらどうでしょうか。時間が経ってから家で洗ってもきれいにならないことが多いので」といった申し入れがかなりあった。

思い出して、私は胸に薄く息を吸い込む。

「モンスターペアレントってわけじゃないんだよ」

「わかるよ」

私の言葉にスミちゃんが頷いた。

「ただ、一生懸命なんだよね。きっと、そのお母さんも」

「うん。真面目で、心からよかれと思って提案してくれてるのはわかるんだけど」

このあたりのニュアンスを察してくれるのはさすが同業者ならではだと思う。他の友達に話せば、すぐに「やっぱりモンスターペアレントっているんだね」とかなんとか言われてしまうことが多く、そのたび、胸の内に違和感が燻《くすぶ》る。

スミちゃんの反応に心が少しだけ軽くなる思いがした。

竜之介くんのお母さんは、何も自分や自分の子どものための我儘《わがまま》で学校に申し入れをしているのではない。強い言い方をされることも多いので、受け持った最初の四月には私も萎縮《いしゅく》してしまったけれど、一年経ってその辺りもだんだんわかってきた。

教科書の変更を申し入れるのは、純粋に、その方がクラスの他の子のためにもいいと思って提案しているのだし、体操着のことだって他の親も同じ考えでいるのだろうと思ったからこそ、自分が代表で言わなければという使命感に突き動かされてのことだ。全部、彼女なりの根拠がある。学校側で「それは難しい」ということに関しても丁寧《ていねい》に伝えて、それで今日までどうにかやってきた。

学校に過剰な要求を突き付ける〝モンスターペアレント〟には、自分の子どもを溺愛《できあい》しての行動も多いように聞くが、その点も竜之介くんのお母さんは違う。自分の子どもにはテレビもあまり観せないし、ゲームもほとんどやらせない。ジュースもチョコレートも禁止。一緒に遊んでいる他の子が自動販売機でジュースを買ってもらっていても、「うちは貧乏だから買いません」と毅然《きぜん》とした口調で言って、お茶の入った水筒を持たせる。実際は裕福な家庭だけど、だからこそ子どもを甘やかさないように気をつけているのかもしれない。学校にも厳しいけれど、自分の子どもにはそれ以上に厳しい。その姿勢は私から見ても立派なものに映る。

今回の保護者会でも、他のお母さんたちは竜之介くんのお母さんの性格についてよくわかっていた。〝ちゃんとした家〟〝竜之介くんのところはすごいよね〟という感じで、みんな、彼女に対しては遠慮があるというか、一定の距離を置いていた。

みんなが和やかに自分の子どもについての悩みを語っていく中、竜之介くんのお母さんの順番が来た。開口一番、彼女が言った。

「先ほどから皆さんのお話を聞いていて思うんですけど、皆さん、優しすぎませんか？　なんでそんなに甘いんですか」

その言葉に場の空気が凍《こお》りついた。

「うちは、子どもにはちゃんと親は親、子どもは子ども、という考え方を早い段階からわからせてきました。だから、先ほどの梨佳《りんか》ちゃんのおうちのお話を聞いていても、本当にもう信じられないというか、イライラして」

名前が出た梨佳ちゃんのママがびっくりしたように息を呑む気配があった。まさか自分の子どもの名前が出るとは思わなかったのだろう。竜之介くんのお母さんが早口になった。

「『ママだってよくそうしてるよね』なんて発言、うちでは絶対ありえません。親なのだから、子どもの前でそう言われるような隙《すき》を絶対に作ってはいけないんです。そうしなければ威厳が保たれないでしょう？　皆さん、お子さんの言うことを聞きすぎる。あなたと私は対等ではありません、ということをもっとちゃんと教えないとダメですよ。なんでそんなことになってしまったんですか」

梨佳ちゃんのママが困ったように、あいまいに微笑んで竜之介くんのお母さんを見つめる。周りのお母さんたちもどうしたらいいかわからない様子だ。

自分の言葉で勢いづいたように、竜之介くんのお母さんの鼻息が荒くなった。

「皆さん、さきほどから聞いていると、自分の子どもにこうなってほしい、とか、こんなところが困る、とか言いながら、具体的にどうにかする気がないように思えます。方法がわからないんだったらうちでやっていることを教えますから、聞きにきてください。そのおかげか、竜之介は礼儀正しい方だと思いますし、この間も先生から、男の子なのに礼儀正しくてすごいですねって言われました。私からしてみると、ええっ、小学三年生になったらこれぐらい普通じゃない？　って驚いたんですけど、言われてみると、私にも『おばちゃん、これやって』みたいな言い方で敬語が使えないような男の子、結構いるんですよね」

そう言われて、今度は男の子のお母さんたちがみんな気まずそうに視線を交わし合う。

いたたまれない空気の中で、私が「竜之介くん、確かにしっかり言うことを聞いてくれますね」と言うと、竜之介くんのお母さんが「あらそうですか？」と私を見た。

担任まで気を遣《つか》ってご機嫌とりをしているような感じになってしまうのは嫌だったけれど、この場の皆が今一番望んでいるのはこの時間が早く終わることのように思えた。竜之介くんのお母さんが、「とにかく、うちはそうしてます」と言って、彼女の話が終わった。

保護者会の後で、竜之介くんのお母さんに名前を出された梨佳ちゃんのママが、周りに対して精一杯平気な顔をして席を立っていたのが、痛々しかった。担任としても申し訳なかった。

クラス一おしゃまで活発な梨佳ちゃんは口が達者で、言葉遣いも大人顔負けだ。梨佳ちゃんのママがそんな娘の発言を好ましく思いながら自分の家庭の話をしたのは明らかだった。それは、子どもの小生意気さを憎らしく思いながらも自慢したい――つまりは惚気《のろけ》のようなものだ。どの親だって自分の子どもを人前で堂々と「いい子」だとは言いにくい。

保護者の誰かが戻ってきて、私に竜之介くんのお母さんのことを注意するかもしれない、他の家のことまであんなふうに言及するのは行き過ぎだと。

そうなっても仕方がないと身構えていたが、実際にやってきたのは今度もまた竜之介くんのお母さんだった。

「あの先生。さっきのお話ですけど」

「はい」

「もし、本当に私に育児のことを聞きたいというお母さんがいらっしゃったら、今、ちょっと仕事が慌ただしいんですけど、どうにかして時間を取りますから、いつでも言ってくださいね」

言葉に詰まって、彼女を無言で見つめ返した。——いるわけないじゃないか、と思うけれど、竜之介くんのお母さんの顔は至って真面目で、そして、この時も心から親切心で言っているのだということが伝わってきた。

その時に、ああ——とわかった。

悪い人ではない。真面目で、そして本音で生きているこの人には、みんながこの場所で建前を話しているなんていう、なあなあの発想がそもそもないのだ。裏表がなく、みんなが自分のように真剣にここで問題解決がしたいのだと思っている。

理不尽《りふじん》でも我儘でもない。悪意だってもちろんない。ただ少し、ずれているだけなのだ。

「——そのお母さんが言ってることも、わかるところはもちろんあるんだけどね」

私が言う。

三年生から四年生への進級はクラス替えがなく、持ち上がりで担任する新学期のクラスでも、これから一年、竜之介くんのお母さんはいる。それが嫌なわけではないけれど、保護者会での様子を思い出すと気が重いのは確かだった。

「ただ、そのお母さんの方法だけが正解じゃないと思うっていうか。竜之介くんは確かに礼儀正しい子だし、私の言うこともちゃんと聞いてくれるけど、家のやり方が合うのかどうかはその子どもの性格にもよるだろうし」

「うーん。まあ、大丈夫じゃない？　そういうお母さんはきっとそのうちいなくなるよ」

「——いなくなる？」

子どもの成長とともに親の方でも考え方が変わっていくという意味だろうか。竜之介くんのお母さんがそんなに簡単に変わるとは思えないけれど——と思っていると、スミちゃんが軽い調子で「うん、いなくなる」と繰り返した。

私は苦笑して首を振った。

「そうかなぁ。竜之介くんのお母さんのあの考え方は昨日や今日作られたものじゃないと思うんだよね。これまでの生き方とか、仕事の実績とかで培われた自信みたいなものに裏打ちされてる感じだから、そういう人はずっとそのまま変わらないんだと思う」

「うん。絶対に変わらないから、だからいなくなってもらうしかないんだよね」

スミちゃんの言い方に微《かす》かな違和感があった。私が「え？」と首を傾《かし》げたところで彼女が微笑んだ。

「ねえ、子育てとかしつけの正解って何かな？」

「え？」

「正解かどうか、わかるのっていつ？　その子がいい子になること？　礼儀正しくてちゃんと大人の言うことを聞くような」

「わかんないけど、子ども時代よりもっと先じゃない？　人に迷惑をかけない立派な大人になること、とか」

「じゃあ、社会人？」

「まあ、最終的には大人になってからなのかな」

スミちゃんからの突然の質問に戸惑いつつ、考える。子育てが成功した、と言われるのはメディアで見る場合、たいていがいい大学に合格したとか、子どもがスポーツや仕事で成功をおさめたような場面の気がする。

すると、スミちゃんがつまらなそうに「ふうん」と息をついた。「どうして？」と尋ねると、彼女が「最近、ちょっと考えてて」と答えた。

「もちろん、人に迷惑をかけない大人になることは大事なんだけど、最近、子育ての正解ってそこにないんじゃないかって思うこともあって」

「じゃ、どんなことが正解なの？」

「成長した子どもが、大人になってから親の子育てを肯定できるかどうか」

スミちゃんが言って、私を見た。

「人生は長いからさ。大人になってから子どもに自分がやってきたことを肯定してもらえないと、いざ対等な状態になった子どもに見捨てられることになるよ。感謝されないし、仲良くしてもらえない。保護者と被保護者はいずれ、介護だなんだで逆転するんだしさ」

「えー、それ、すっごい先の話じゃない」

自分のクラスのあの子たちを思うと、介護なんてまだまだ想像できない。しかし、スミちゃんが首を振った。

「うちなんかは、親がすごく抑圧的っていうか、その保護者会のお母さんみたいに親は親、子どもは子どもって感じの家だったから、そういう話聞くとちょっと複雑なんだよね。親だって普通の人間だし、子どもが成長するにつれて、だんだん欠点やアラが目についてくるじゃない？」

「そりゃまあ……」

「その時に、これまで一切対等に扱われてきてなかったら、失望や怒りもその反動でかなり強いと思うんだよね。私にはこう言い続けてたのに、あんただってこうじゃないか——、みたいな」

「それは確かに」

「うん。で、その逆に、これまである程度希望を聞いてもらったり、対等に扱ってもらった記憶があるなら、大人になってからも関係は続くよね。最初から親も人間だってわかってるし、これからも仲良くしたいって気持ちになる」

「友だち親子、みたいな言葉があるくらいだもんね」

言いながら、でも、だとしたら皮肉なものだ、と思う。

「その子が厳しいしつけのおかげで他人に迷惑かけない子になっても、肝心の親のことを嫌って寄りつかなくなっちゃうってこと？　それは確かに寂しいかも」

「だからきっと何事も程度によるんだよ。子どもに対してあまりにも支配的だと、親の言ってることがどれだけ正しくても感謝するのが難しくなってくる」

言われると、具体的な例で考えてしまう。成長した梨佳ちゃん親子が二人仲良く歩くところは思い浮かぶのに、竜之介くんの家がどうなるのかの想像がうまくつかない。男の子と女の子の差は、もちろんあるだろうけど。

スミちゃんが長いため息をついた。

「親にしてみたら、ある日突然思ってもみなかった通知表を渡されるようなもんだよね。親の立場は絶対で、子どもから評価されることなんてないと思ってたのに、あなたの子育てのやり方は、私にはこうだったので、大人になってからは許しません、許しません、感謝しません、感謝します」

それから、とスミちゃんが言う。

「仲良くしません、仲良くします。——大人になってからも威厳を保ち続けようとする親もいるかもしれないけど、親もただ親だってことに胡坐《あぐら》をかいてると、いずれ子どもに復讐《ふくしゅう》される時が来るよ」

「復讐は言い過ぎじゃない？　それに、うちで問題になったあのお母さんはたとえそんな日が来ても、だからって後悔したりしないと思うよ。私のやり方は間違ってなかったのに、子どもが疎遠になって恩知らずだって思って、それでおしまいな気がする」

「だろうね。それもよくわかる。ただ——」

スミちゃんの目が、その時、私が手にしていた彼女の分厚いアルバムを見た。短い沈黙が数秒。やがて、彼女が言った。

「お茶にする？」と。

「片付け、途中だけど、ちょっと話していい？　なんか思い出しちゃったから、聞いてもらおうかな。――でも、どうしよう。ちょっと不思議な話だから、するの、躊躇《ためら》う気持ちもあるんだけど」

「ええー、そこまで言っておいてそれはないでしょう。聞きたいよ。お茶にしようよ」

「じゃあ、言うけど」

スミちゃんの目が、私がアルバムから抜いた写真を見る。

彼女と、そしてお母さん。藤色の、明るくきれいな振袖を着たスミちゃんがその中で微笑んでいる。

スミちゃんが言った。

「私、この着物、実は着てないんだよね」

意味がわからなかった。

声もなく目を瞬いた私に、スミちゃんが苦笑いをして続ける。

「信じてもらえないかもしれないけど、私、成人式の日、この着物、着なかった。私が着たのはもっと淡いピンク色の着物で、柄も全然、本当は違うの」

CGとか、そういうことかな——、とまず思った。

着ていなかった振袖を、実際に着たものの上にデータ上で加工する。私が知らないだけで、そういうサービスをしてくれる業者がいても今の時代ならおかしくない。

思ったけれど、私がそう聞くより先に、紅茶をカップに注いだスミちゃんが話し始めた。

「うちの親、さっきも言ったけど、すごく抑圧的な子育てをする人だったのね。親の立場は絶対、子どもの立場も絶対。家族の関係性も絶対だから、何があっても、子どもの気持ちが自分から離れることもないと思ってる。——親というか、まあ、母だけど」

スミちゃんの目が、テーブルに置かれた自分の成人式の写真を見る。藤色の着物を着たスミちゃんと、その横に立つお母さん。

「昔から他の家よりも厳しくて、漫画もゲームも禁止。テレビは母が許してくれたものだけ観られるっていう感じ。母自身がそんなにテレビを観ない人だったから、観たいっていう気持ちがそもそもわかんなかったんだろうなぁ。おやつも、チョコレートやジュース、ガムは禁止で、風邪を引いた時ののど飴とトローチだけオーケー」

「トローチ」

それはお菓子に分類されるのだろうか。呟くと、スミちゃんがにこっと笑った。

「抑圧って怖くてさ。風邪の日に許可されたトローチが嬉しくて、飴にも甘いものにも免疫《めんえき》なかったから、処方されたその日のうちに全部舐《な》め切っちゃって母にめっちゃ怒られたよ」

「あれ、微妙に苦くない？」

「だから、そういう感覚が鈍くなるくらい甘いものに飢《う》えてたってことなんだと思う」

スミちゃんが紅茶を一口飲む。私にもカップを勧めながら、話を戻した。

「習い事にもたくさん通わされてたし、もちろん、そのおかげでピアノも習字もある程度できるようになったわけだから感謝しなきゃいけないんだろうけど、何かができてもあんまり褒《ほ》められた記憶はないな。自分の子どもを褒めないっていうのが美徳だったのかもしれないけど、できることはあまり見てもらえなくて、できないことに関してだけを嘆かれるような、そういう感じ。――勉強はできて当たり前。できなければ、『お母さん、あなたはもっとできる子だと思ってた』ってため息をつかれる」

自分の子どもに対する「こうなって欲しい」が人一倍強い親だったのだと思う――、とスミちゃんは言う。

「すごく狭い範囲の、母の思う〝いい子〟像があって、それに合わせないと許されないの。習い事や勉強がどれだけできても、『どうしてもっと朗《ほが》らかで誰とでも仲良くなれる子じゃないの』って苛立《いらだ》ってる。今考えると、習い事に通ってみんなと放課後に遊んでる時間がなかったせいもあるし、仕方ないじゃないかって思うけど、〝そうあってほしいのに、どうしてそうじゃないのか〟ってよく怒られた」

真面目がすぎるくらいの、真面目な両親。特に母親、とスミちゃんが言う。

子どもにこうなってほしい、というのも、何も自分の見栄というわけではなく、真面目さの表れだったように思う、と。

「真面目な人って、義務が得意なんだよね」

「義務？」

「うん。すべきことを与えられるとそれは一生懸命、とにかくこなすことを考える。無駄がない質素な生活を心がけて、清く正しく生きることが得意。その逆で、苦手なのが娯楽や贅沢。何かを楽しむってことがすごく苦手」

それだけなら特に悪いことではない。むしろ、私たちが普段学校で教えているような道徳的な価値観だろう。

しかし、スミちゃんの家の場合はちょっと極端だった。

「たとえば、母は、着るものや食にそんなに興味がなくて。自分がそうだから、きっと子どもの私もそれで構わないと思ったんだろうね。だからこそ、私はお菓子がほとんど禁止だったんだろうし、洋服も母の知り合いのところからもらったおさがりが多くて、結構な年になっても、買うことはもちろん自分で選ばせてもらったことも一切なかった」

お菓子は、家に遊びに来る友達に対して恥ずかしいことも多かった、という。普段、友達の家に行くと、ビスケットやチョコレートを出してもらっているのに、うちでは何も用意できない。勇気を出して母親に頼むと、「おじいちゃんにもらった干し柿があるでしょ」と言われた。

「――虫歯になるから食べさせたくない。お菓子をほしがるような子になったら困るって言われたんだけど、それがもうなんていうか、強迫観念の域なんだよね。子どものためにって本人も真剣に思ってるんだけど、母が真面目教っていう宗教みたいなものに入ってて、その教義に付き合わされてる気分だった。そんな時、よくこう思ったんだ。いっそ、この人が継母《ままはは》だったらいいのにって」

昔を思い出すように、スミちゃんがまたため息をついた。

「よく、言うことを聞かない子どもに対して『お前は橋の下から拾ってきた子だ』って言って脅かす――みたいな話を聞くでしょ？　うちは両親からそんなことを言われたことはなかったけど、本当に継母だったらいいのになって思ってた。どこかに本物の優しい、子どもの話もちゃんと聞いてくれるような母親がいて、今の母が継母だったならいいのにって思うのに、残念ながら顔がそっくりだからそれもないわけ。友達から、スミちゃんとお母さん、同じ顔だねって言われるたびに、傷ついたなぁ」

彼女の家は、父親も母親もスミちゃんと同じ教師だ。生まれ故郷のS町という町の近くで、ともに小学校の先生をしていた。共働きで、経済的に不自由していたということもなく、だからこそ理不尽さは募った。お母さんのことを〝真面目教〟だとしか思えなくなった。

「たとえばね、家族旅行に行くとするじゃない？　それもね、なんか義務なんだよ。修学旅行や研修旅行みたいに、夏のその時期だから、一度は行事としてやらなきゃいけないっていう、ただそういうものだからって感じ。旅行先は国内の車で行ける範囲のところが多かったんだけど、ホテルについてまず、母が言うのね」

──すぐ近くにスーパーが見えたから、よかった。これでご飯は困らないわね。

「どういうこと？」

真剣にわからなくて私が言うと、スミちゃんが苦笑した。そして答える。

「言ったでしょ？　母は食に興味がないから、食事を楽しむって考えがそもそもないの。それは旅行先でも同じ。私たちが修学旅行で子どもたちにご飯を食べさせる場所を確保しなきゃって行程を練るように、食事も義務なの。ご飯は食べられればそれでいいし、一番困るのは食べられる場所が見つからないこと。旅行先でも、スーパーでお弁当やお惣菜を買ってきて、部屋で食べるのよ」

絶句する。なんのための旅行なのか――と思っていると、スミちゃんがまた微笑んだ。

「真面目に家族旅行をしちゃうの。楽しむための旅行じゃなくて、旅行のための旅行。他にも、せっかく旅に来てても、うちの周辺にあるのと同じファミレスに入っちゃったりする。――まあ、子どもの頃だからファミレスは好きだったし、うちは普段はなかなかそういうところにも行かない家だったからその時はそれで嬉しかったんだけどね。とにかくそんなふうに、うちは楽しむことへのこだわりがすごく薄い家だったの」

真面目ってすごいよ、とスミちゃんが言う。

「楽しむことが悪っていうのは、すごく損。ファミレスで、食べたご飯がおいしかった時に、母たちにも食べさせたいと思って、『一口食べる？』って聞いたら、顔をしかめて『食べきれないなら残せばいいじゃない』って言われる。――娘が、おいしいものを親と分け合ったら楽しいって思う気持ちが一切理解できないんだよね。それと同じで、学校から地域のクラシックコンサートなんかのお誘いが配られた時にも、クラシック、私は退屈だけど、母は聴いてたことあったし、好きかもって思って、『お母さん、行く?』って聞いたことがあったんだけど」

行ってもいいよ、とお母さんは答えたと言う。

「行きたいわ、でも、行こう、でもなく、『行ってもいいよ』。楽しいことであっても全部、義務っぽいんだよね。義務なら仕方ないから〝楽しんでもいい〟っていうそういう感じ。だから、こっちも自然と誘う気が失せるし、母とはどんどん会話ができなくなっていった」

スミちゃんのお父さんはおとなしい人で、お母さんのように子どもに考えを押しつけることはなかったそうだが、同じように真面目で、お母さんの決めたことに従ってしまう。とはいえ、娘と二人だけで出かけた時にはスミちゃんにこっそりアイスを買ってくれたり、飲んでいた缶コーヒーを分けてくれたりして、スミちゃんはお父さんにはよく懐《なつ》いていた。

そんな〝義務〟の一つだった家族旅行も、スミちゃんが成長するにつれだんだんと様子が変わってきたそうだ。ただし、スミちゃんが、親と旅行という年でなくなっても、両親は家族旅行の〝義務〟を放棄しなかった。

家族なんだから一年に一度は旅行する。スミちゃんにはうんざり思えることもあったが、そういうものか、と付き合っていた。

しかし、高校三年、受験生の年。夏の旅行を決めたから――と告げられ、お母さんに言われるがままにくをしていると、部屋にやってきたお母さんが急にスミちゃんにこう言った。

――ねえ、あなた、受験の年に旅行なんてしていていいの？

そんなことを言われても、誘ってきたのは当のお母さんなのに。スミちゃんが絶句していると、その時は、たまたま話を聞いていたお父さんがかばってくれた。

――お前が旅行に行こうって決めたのになんでそんなことを言うんだ、この子がそれで行かないと言い出したらどうするんだ。

スミちゃんはあまりにも腹が立ったので、言い合う両親を残して部屋を出た。すると、お母さんが金切声でこう叫ぶのが聞こえた。

――だって、勉強してる様子がないんだもの。受験に成功してる子たちはもっと勉強してると思うのに。

私の母は自分の不安をそのまま子どもにぶつけてしまう人なんだ――と、そう思った。

受験生の年、早く寝た日は「受験生の寝る時間じゃない」と叱られて起こされ、遅くまで起きていると「いつまで起きてるの。明日の授業は大丈夫なの」と叫ばれる。矛盾したルールはお母さんの中にしか正解がなかった。

しかし、その時もお母さんはこう言うことをやめはしない。すべてはあなたのためを思って言っているのだ、と。

「今考えると、お母さんって、その家のルールそのものなんだよね」

スミちゃんが深く息を吐いて言った。

「お母さんがどんな考えなのかっていうのが、その家のあり方を決める。それはきっとどの家でもそう。だから、その母親が世間知らずだったり真面目教だったりしても、その家ではその法律で生きてるから、それが当たり前になっちゃう。しかも、言葉だけだと『真面目』は清く正しい、推奨される考え方だから、そのことをどうおかしいのか、子どもの頃の私じゃ説明することもできなかった」

それでも心の中ではお母さんに対する反発は強まるばかりだったと言う。しかし、親は親、子どもは子どもという感覚の強い住吉家には、親を間違っていると言える雰囲気はない。

お母さんのルールでがんじがらめになっているこの家から出たい。自宅から離れた大学に進学するしかない、と思った。

スミちゃんの両親は、スミちゃんがいずれ自分たちと同じ道を歩くに違いないと信じて疑っていなかった。実際、親子何代にもわたって教師の家というのは多い。スミちゃんの親も、娘は地元大学の教育学部に進学するものと思っていたようだったが、スミちゃんはそれよりも難しいと言われる、他県の国立大学の教育学部を受け、合格した。――私たちが今住んで、教師をしているこの土地だ。

どうして地元じゃダメなんだ、とこれはお母さんだけではなくお父さんからも言われたそうだけれど、難関校に合格したということで高校の先生たちも祝福してくれ、両親もそうされるとまんざらでもなかったようで、スミちゃんが家を出ることを許してくれた。

「でもまぁ、そうやって一人暮らしをすることも許してくれたし、学費も出してくれて、そのうえ生活費の仕送りだってしてくれた。いい親なんだよ。感謝してるし、少しくらいのことを不満に思う私の方が恩知らずなんだと思う。だからあんまり、人に母への不満について話したことなかった」

その〝少しくらいのこと〟は、たとえば、スミちゃんの一人暮らしに際し、お母さんがスミちゃんに何の相談もなく、家具や家電を一式、無断でリサイクルショップでそろえてしまったり、入学式に際してスミちゃんがおこづかいで買ったスーツのスカートに浅くスリットが入っていることを、「そんなひねたスーツ、困る」と怒ったり――ということだったそうだ。

スミちゃんが、「このスーツは私が好みで選んだもので、むしろこのデザインがいいと思った――ということを話すと、翌日、お母さんはスーツのスリットを裏側から縫って、なくしてしまった。驚くスミちゃんにお母さんは笑顔で、「これなら着られるね」とほっとした様子だったという。お前の選んだこのデザインと色で、スリットもない状態でちゃんと着られるよ。あのスリット、邪魔だったもんね——と。

スミちゃんは、入学式でスリットがなくなった状態のスーツを着た。当日の写真を、お母さんが親戚に「このスーツ、なんかスリットが入ってたんだけどね、私が縫い付けたの。ね、そのほうがいいでしょ?」と自慢げに話していた。

衝突するたび、スミちゃんはいつも「私はいつまでお母さんの娘でいればいいのって思ってた」と言う。

しかし、大学に進学してしばらく、スミちゃんはようやく手に入れた自由を楽しんだ。

お母さんがそろえた家具は、色合いがちぐはぐだったり、ファミリー向けのせいでやたら大きかったりしたけれど、「だって大学の間使うだけなんだし」と安いことだけは安かった。この時もお母さんは、娘の一人暮らしを整える、という〝義務〟を忠実にこなしたのだ。

スミちゃんはそれらの家具を、自分のバイト代などでだんだんと取り換え、部屋を自分らしくしていった。とても楽しかった、という。

「あとは、生まれ故郷を離れたことで、母が生きている世界が実は狭かったんだろうなってこともわかっちゃったんだよね。親だから偉いと思わされてたし、支配されてきたけど、それって母の偏《かたよ》った常識や思い込みに過ぎなかったんだなって」

そんなふうにスミちゃんの生活が少し変わり始めた大学二年生の時、お母さんから一本の電話がかかってきた。

「それが、成人式の着物のことだったの」

スミちゃんが少し、目を細めたように見えた。


二十歳の誕生日が近づくにつれ、スミちゃんの一人暮らしの部屋にも、貸衣装や着物メーカーから案内のハガキが多く届くようになっていた。スミちゃんは着物に詳しいわけではなかったので、着物にかかる金額を見てびっくりした。買うだけではなく、借りるだけでも何十万というお金がかかる。

当時のスミちゃんの同級生の中には、お母さんも本人も着道楽という家も多く、その子たちはみんな「母が昔から付き合いのある呉服屋さんが、実家に寸法測りに来るんだ」などと嬉しそうに話していた。

ただ、スミちゃんは、最初から成人式の着物に対しては特にこだわりがなかった。七五三以来着物を着たことはなかったし、日常的に誰かが周りで着ているという環境でもない。成人式の一度しか着ない振袖に何十万ものお金をかけるというのも、スミちゃんには抵抗があった。

親に用意してもらえるだけありがたい、という気持ちで、贅沢を言う気はなかったし、送られてくる貸衣装のカタログにもかわいいものが多い。うちならきっと、この一番低い価格帯の中から好みの色を選ばされるんだろうなぁと漠然と考えていた。着物なんて、どれも似たり寄ったりじゃないか――とも、思っていたという。

お母さんから電話があったのは、そんな頃だ。

「成人式の着物を選ぶから、帰ってきなさい」

他の子と同じように、そう言われた。しかし、その後にスミちゃんのお母さんは思ってもみなかった言葉を続けた。

「買ってあげるから」と言ったそうだ。

もともと、娘の成人式には振袖を買おうと決めていたのだと言う。

「どうせ借りたってお金はかかるんだし、着物だったら、いとこに貸してあげることだってできるでしょう？　あんたには、年下の女の子のいとこも何人かいるし、七五三の着物だって、うちのをよそに貸してあげたこともあるし」

驚きつつ、日程を合わせて帰省する。昔からひいきにしている老舗《しにせ》――というわけではなかったけれど、県内で一番大きなデパートに入った呉服屋に、お母さんと着物を見立てに行った。

三十万円、という予算を伝え、好きな柄や色合いを、心得た様子の店員さんに何着か見せてもらう。

　実際に着物を見てみると、ただカタログを眺めていた時とは大違いだった。どれも似たり寄ったりだなんてとんでもない。いい着物は光沢や生地の風合いからして違うし、同じ価格でも、好みかどうかは見てみなければわからない。生地を当ててみて、自分の顔回りが急に華やかになって「似合う」と感じることもあれば、写真で見ていた分には色や模様は好みだったけれど、自分には合わない、と思うこともあった。

　その中で、スミちゃんが巡り合ったのが、あの、藤色の着物だった。

「自分にはきっと、はっきりした色は似合わないだろうから、ピンクとか水色とか、薄い色だろうな、と思ってたの。だけど、見た瞬間、ああ、こんな色もあるのかって、比喩じゃなく、その着物に目が釘付けになったんだよね。一着だけ全然違って、売り場で光って見えた」

　藤色のその着物は、美しい色合いだが、いざ袖を通してみると似合う人があまりいないのだ、と店員さんに言われた。もし似合ったらラッキーですよ、と。

　そして、その着物は、あてた瞬間、これまで試着したものの中で一番、自分にしっくりきた。店員さんからもお母さんからも「いいね」と褒められた。

「数年前の在庫から出てきたお値打ち品で、本来の販売価格の半値以下にしてるって言われたこともあって、すっかりその気になっちゃったの」

スミちゃんは上機嫌でその着物に決め、次に帯や小物を見せてもらうことになった。

何枚かの帯を試す中で、「あと、予算は少しオーバーしますが、こちらの帯もとてもステキです」と店員さんが新しいものを持ってきた。いやそれは――とスミちゃんが断ろうとすると、背後にいたお母さんの方が「まあ！　素敵」と声を上げた。

「帯のこの模様なんて、着物の藤棚の模様とすごく合うじゃない。少しくらい予算が出ても大丈夫だから、これにしたら？」

目を丸くするスミちゃんの横で、店員さんが「お母さまも着物がお好きなんですね」と声をかける。すると、お母さんが照れたように微笑んだ。

「ええ。実は大好きなんです」と。

「そんなに高いものじゃないんですけど、若い頃は自分でも何着か買ったり、着付けを習いに行ったりしました。ああ、こっちの半襟《はんえり》もすごくいいですね」

そんな話は一度も聞いたことがなかったスミちゃんはとても驚いたが、そのすぐ後で、胸があたたかくなるのを感じた。

自分も着物が好きだからこそ、娘の成人式にはレンタルじゃなくて買うと決めていたのかもしれない。何年も前から、自分の知らないところでそう決めてくれていた。自分の知らなかった母の一面を見られたような気がして、それからすごく嬉しくなった。

三十七万円、というお金をかけて、スミちゃんは着物を買ってもらった。

会計の時、照れくさく思いながら、「ありがとう」とスミちゃんが言うと、お母さんが笑った。

「せっかくだから、お友達の結婚式があったりしたら、この着物、着ていきなさいね。成人式だけじゃもったいないし、ただ箪笥の肥やしにするのも惜しいから」

「わかった」

そんなふうに言うのは、いかにも〝真面目教〟の母らしい考え方だと思ったが、その日ばかりは悪い気はしなかった。何より着物の世界がこんなに楽しいなんて知らなかった。自分でも着られるように着付けを習う人の気持ちが初めてわかったし、大学の近くで習えるところを探してみようとも思った。

母に言われるまでもない。すごく気に入ったから、これから何か機会があれば、できるだけこの振袖を着よう、と思った。

「その時にね、デパートのカードを作ったの」

スミちゃんが言う。

「デパートのポイントカード。うちの母は真面目な人だから、子どもがクレジットカードを持つことなんかには反対だったんだけど、お店の人から、だったらクレジット機能のないポイントだけが貯まるカードを作ったらどうですか、って勧められたの。高い買い物だし、今日の分だけでも二万円近く貯まるから、もったいないですよって」

そして、真面目な人には、この「もったいない」というセリフは覿面《てきめん》に効くのだという。

「得をしたいっていうガツガツした気持ちはないけど、せっかくもらえる権利を放棄するってことは苦手なの。少なくともうちの母はそうだった」

スミちゃんのお母さんは、ポイントカードを作った。そして、驚いたことにそのカードを娘の名前にして、スミちゃんにそのままくれたのだという。

「自分はこんな遠くのデパートまで買い物に来ることはもうないだろうし、その中のポイントごとあげるから、今後何か買ったらって。それを聞いて、ああ、確かにうちは間違ってもデパートで服を買うなんてことはない家だったのに、今日は来てくれたんだって、改めて嬉しくなった」

ポイントカードのおかげで思わぬお小遣いが手に入ったことも嬉しく、自分用に着物が仕立てられるのを楽しみに、帰宅した。お盆の帰省に合わせて帰ってきていたので、数日後には大学のある町に戻るつもりだった。

しかし、話はそれだけでは終わらなかった。

「着物を買った、確か二日後だったかな？　大学に戻る準備をしていたら、母が急に声をかけてきたの」

――ねえ、お母さん、あの着物、クーリングオフして返品してしまおうと思うんだけど、そうなるとあのポイントカードのポイントも返却しなきゃいけなくなるから、カードを返してくれる？

目を見開くスミちゃんに、お母さんが不安げに首を傾げて問いかける。眉間に皺《しわ》が寄る。

――あんた、まさかもう使ってしまったってことはないでしょうね。こんな短い期間に。

「なんで!?」

私の口から、思わず声が出た。本当に意味がわからなくて尋ねると、スミちゃんが「あはは」と笑った。何かを諦めたような、達観した軽い笑い方だった。

「すごいでしょ？　着物を買ってからずっと、そのことばっかり考えてたみたいなんだよね」

――あの着物、いとこに貸してあげればいいと思っていたけど、よく考えたら他の子たちにあの色が似合うかわからないし、着ないっていうかもしれないし。

――調べたら、十万円以内でレンタルできる業者も最近じゃあるみたい。

――クーリングオフしたそのお金で、あなたが卒業後、地元に帰ってきた時に、車を買ってあげる。中古車を買う資金にしてあげるよ。

「それ、相談なしで、お母さんが勝手に決めたの？」

「うん。着物より車の方がいいでしょ、っていう結論を聞かされただけ。私に話したのも、最初の一言の通り、ポイントカードのことが気になって話したって感じだった」

唖然《あぜん》としてしまう。やっとのことで、スミちゃんに尋ねる。

「クーリングオフってさ、悪徳業者に騙《だま》されたとか、そういう場合のための制度なんじゃないの？　高級布団を買わされるとか、健康グッズとか……。高齢者が強引に売りつけられたのを、家族が後でどうにかするとか、そういう時のためにあるんだと思ってた」

スミちゃんの着物の場合は本当にいいもののようだったし、向こうから強引に売りつけられたというものでもない。

するとと、スミちゃんが首を振った。

「そう？　私の場合は、母のそのことがあったから、高額な買い物をした場合に思い直したり、後悔した時にも使っていい制度なんだって思ってたけど」

「いやいやいや、それはもうなんかちょっと……」

微笑んでそう言っているけれど、スミちゃんの使った「後悔」という言葉が切なかった。

娘の成人式の着物にお金をかけたことを、「後悔」する――。それは、とても寂しい考えのように思う。

「母の中でね、いとこに着物を貸すって考えが出た瞬間から、実はちょっと気になってはいたんだよね。いとこたちにだって好みがあるし、似合う色も違うのに、母の中では、七五三をしてた七歳くらいの時と同じく、ただ着物はあればいいもので、成人式もこなさなきゃならない〝義務〟なんだなって」

真面目なの。

何度目になるかわからない言葉を、スミちゃんが口にする。

「〝真面目教〟の人たちは、贅沢するのが苦手なの。一回限りの成人式にこんなにお金を使っていいのかっていう教義に反する罪悪感に耐えられなかったんだろうね。後からじわじわ後悔が始まって、返品できるって考えに取り憑《つ》かれたら、クーリングオフの期限が来る時までに決断しなきゃって、そうとしか考えられなくなったんだと思う」

「でも、スミちゃんは、その後もその着物、着ようと思ってたんでしょ？　着付けだって習おうとしてたし……」

「だけど、それも母に言われた」

――いくら好きでも、実際は着るたびに準備が必要だから大変だし、着なくなると思うよ。

――でもじゃあ、着付けだけは習うなら習えば？　お母さんの友達でできる人がいるから、頼んであげるわよ。

実は着物が大好きで――と、店員さんに明かしたのと同じ人とは思えない発言だった。お母さんの中で、着物の件はどこまでも一人で勝手に進められ、その思いは自己完結していた。そこに、スミちゃんの気持ちは微塵《みじん》も考慮されていなかった。

「それで、どうしたの？」

心臓が痛くなってくる。尋ねると、スミちゃんは今度も明るく首を振った。

「どうもこうもないよ。もともとお金を出したのは母だし、着物はクーリングオフして返品。――母から、『レンタル業者のところに一緒に行く日程を決めたいから、次にいつ帰ってこられるか、予定を教えて』って平然と言われて、それでおしまい」

「お母さん、謝らなかったの？」

「謝らなかった」

スミちゃんがきっぱりと言う。

「親は親。子どもに謝る必要なんか、母にはないの。第一、母は私のために車を買うことにしたんだよ。私のためにしたことだと思い込んでるわけだし」

「スミちゃんは、その時に何も言わなかったの？」

「一言だけ、言ったよ」

「なんて？」

「『私、嬉しかったんだよ』って」

うちはどうせレンタルだろうと思っていたのに、お母さんが自分の成人式に着物を買うと言ってくれた――、予算を多少オーバーしてもいいものにしなさいと言ってくれた――、着物を選ぶことで思いがけず若い頃のお母さんの知らない一面を見ることができた――。

それなのに、その嬉しかった気持ちがなかったことにされてしまう。それどころか、受けなくてよかった傷が、スミちゃんの心に残ってしまう。

娘の一言にお母さんがどう答えたのかは、覚えていないという。

「母にしてみれば、娘に将来的にも感謝される大事な機会を自分で潰したようなものだよね。それを考えると、残念でならない」

他人事《ひとごと》のようにスミちゃんが言う。

スミちゃんはその後、別の日程を取って、レンタル業者に着物の予約に行った。たくさんある着物の見本の中でも、彼女の目は自然と藤色の着物を見てしまう。少しでもあの着物に近いものをと思ってしまうのだが、そうなるとかえって細かい差異が気になった。あの着物に比べると、柄が小さすぎる、配置が悪く思える、色もこんなに濃くなかった——。

結局、藤色の着物は候補から外し、まったく違う、ピンク色の着物を選んだという。

成人式には、その着物を着た。

そう聞いて、私は狐につままれたような気持ちになる。涼しい顔してそう語るスミちゃんに、「え、でも……」とやっとのことで疑問を口にする。話の途中から、本当はずっと気になってたまらなかった。

テーブルの上には相変わらず、スミちゃんが藤色の着物を着た写真が置かれている。

「その話……、どこかで藤色の着物がちゃんと戻ってきましたって話じゃないの？　私、そうなんだろうと思って聞いてたんだけど……」

「うん。そうなの。着物はクーリングオフして、成人式にも戻ってこなかった。そのはず、だったんだけど」

スミちゃんの手が写真を摑《つか》む。そして、言った。

「戻ってきたの」と。

「あれから何年も経ってから、着物が戻ってきた。私が不思議な話って言ったのは、そのこと」

では、この写真は成人式当日に撮ったものではないのだろうか。戻ってきた着物を何年かしてから着たということだろうか。

私の疑問をよそに、スミちゃんが話を続けた。

「私が本格的に家を出ようって決めたのは、着物をクーリングオフするって言われたその日だったの」

――クーリングオフしたそのお金で、あなたが卒業後、地元に帰ってきた時に、車を買ってあげる。中古車を買う資金にしてあげるよ。

お母さんにそう言われ、スミちゃんは思い知った。大学は外に出ることができたけれど、お母さんの中でスミちゃんはいずれ、実家の、自分たちのもとに帰ってきて当然と思われている。むしろ、その中古車を誘い文句に帰ってくることだってあると信じ込んでいる。

価値観が違うことを、想像すらしてもらえない。

嬉しかったのに、それをだいなしにされた娘がどんなことを思うのかも想像しない支配が、続いてしまう。

この気持ちを絶対に忘れないようにしようと思った。

虐待されたわけじゃない。学費も生活費も出してもらった——、そう思うけれど、許せないという気持ちは残り続けた。今度許してしまったら、ずっとこんなことがすべてにおいて繰り返されてしまう。

このお母さんから逃げたい、と切に思った。

成人式には、母親に言われた業者でレンタルしたものを着て、出席した。実家にも帰った。とはいえ、当日のスミちゃんに笑顔はなかったし、ましてお母さんの横で笑顔など絶対に見せてやるものかと思った。その様子は、当日一緒にいた友達からも「元気がないけど大丈夫？」と心配されるほどだったそうだ。

これまでされてきた理不尽に対する怒りが、着物の一件で限界を超えたのだ。

「本当は大学に入学してすぐにそう思ってもよかったんだろうけど、私の中にも甘えがあったんだと思う。成人式の時に戻っちゃったのもそのせい。だけど、それじゃダメなの。自分で本格的に断ち切りたいと思わない限り、支配は続いちゃう。親は親、子どもは子どもの関係に向こうが持ちこんでくる。こっちの人権なんて考えてもらえない」

成人式の当日お母さんと撮った写真を、この気持ちを一生忘れないために、と一枚だけ持って出た。大学のある町に戻り、そして、大学を卒業しても、実家には帰らなかった。就職活動も大学のあるこの県で教員採用試験を受け、就職して実際に教師として働き始めてからも、家には戻らなかった。

お母さんからは何度も電話があったが、取らなかったし、手紙があっても返事を書かなかった。直接訪ねてくることも考えて、就職してすぐ、引っ越した。

極端に実家との接触を避けた。自立して一人で暮らすのだと決意し、そして、実際、お母さんのことを考えても動じなくなってきた。

「そうしたらね、しばらくしてこの写真に変化が起こり始めたの」

家を引っ越した直後から、その変化は始まったそうだ。

実家の両親に引っ越し先を伝えないことに対しては、後ろめたい気持ちもあった。けれど、その頃かかってきた母親からの電話を無視し、いろんな思いを断ち切って、結局、連絡をせずに住居を変えた。そこにはもう二度と実家に帰らない、という固い決意があった。

「引っ越してすぐに、この写真にね、お茶をこぼしちゃったんだ。わざとじゃなかったんだけど、置きっぱなしにしてたペットボトルが引っ越しのどさくさで開封した荷物の上に倒れて」

スミちゃんはあわてて写真を拭いた。タオルで軽く表面を拭《ぬぐ》う。写っていた自分の顔の上をすっとなぞると、そこで、おや、と思った。

まず、気付いたのは表情だ。

写真の中の自分を見つめる。私の顔、あの日、こんなふうだっただろうか。

成人式当日、怒って、無表情だったはずのスミちゃんの顔が、そう不機嫌な顔でもなくなっているような気がした。まるで、お茶と一緒にあの日の不機嫌も表情から拭われたような――そんな印象だった。

「はじめは気のせいだろうと思ったの。でも」

気になって、日を置いて見てみると、今度は写真の中の自分の口元が違う。口角を上げているように見える。それは、笑っているようにさえ思えた。

おや――、と思って、そして、気づいた。

着ていたピンク色の着物の色が薄くなっている。薄くなった肩口のあたりに何か模様が見える気がする。上のピンク色が水に滲《にじ》んだように透《す》け、その下に何かが沈んでいるように見える。

こぼしたお茶の色素のせいでそう見えるのだろうか。色が沈着してしまったか、お茶のせいで画像が掠《かす》れたり薄まったりしたのか、と目をこらす。しかし、そうではなかった。

ピンク色の着物の下に何があるのか。わかった瞬間、スミちゃんは息を呑んだ。

藤棚だ。

いつか着た、あの藤色の着物に見た美しく垂れ下がる花々が、写真の自分の着物の奥に写っている。スミちゃんは夢中で、食い入るように写真を見つめた。毎日、毎日、仕事から帰ってきたらまず、その写真を見る。

着物のピンク色は、もうすっかり薄まっていて、下に淡い青みが差している。藤色が滲んで、上の色を拭い去っていく。

着物の肩口に、藤棚の美しい花が咲いていく。ひとつひとつ、盛りを迎えたように。

写真のスミちゃんの顔は、その頃にはもうはっきり笑顔になっていた。

写真の現実が、実際の成人式を塗り替えていく。それは、お母さんがただ義務のように用意した大学の一人暮らしの部屋を、自分で家具や家電を買い替えて自分らしくしていった、あの時の様子を彷彿《ほうふつ》とさせた。

スミちゃんが、実家に戻らなくなって五年が経った頃、写真はすっかり別物になった。

「どうしてそんなことが起きたのかは、今もわからないままなんだけどね。ともかく、そんなふうにまずは写真が変わり始めたの。私が望んだとおりの成人式が、この写真の中ではその通りになった。しかもそれは――」

スミちゃんが深く息を吸い込んだ。写真の表面を静かに撫でる。

「写真の中だけに、とどまらなかった。現実が、写真に沿って少しずつ、今度は変わり始めたの」

そう感じたきっかけは、中学時代の友達の結婚式に招かれた時だったそうだ。

引き振袖の婚礼衣装を着たその子と高砂《たかさご》で写真を撮った際、「きれいな着物だね」と声をかけると、その子に言われた。

――スミちゃんの成人式の着物もきれいだったよね。薄紫色の。こんなきれいな色があるのかって思ったからよく覚えてる。

え、と言葉を失うスミちゃんだったが、その時は、おめでたい席でせわしくする新婦と長く話す時間はなかった。その子とは、確かに成人式に一緒に行った。スミちゃんがレンタルの着物に仏頂面《ぶっちょうづら》を作っていた際、横で「元気がないけど大丈夫？」と心配してくれたはずの子だった。

驚いたスミちゃんは、その日、列席した他の同級生にも尋ねた。成人式のこと、覚えてる？

――私が何色の着物を着ていたか、覚えてる？

何年も前のことだし、まして自分の着物ならいざしらず、人の着物のことなどはっきり覚えている友達はいなかった。しかし、逆に言えば、その日のスミちゃんの不機嫌を覚えている友達もいなかった。笑顔で写真を撮った、というような答えばかりが返ってきた。

そう聞いて、スミちゃんは初めて疑問を持った。

ならば、その子たちのアルバムに、自分の着物の写真は何色で写っているのだろう。理想的な、こうだったらよかったのに、という成人式は、この写真一枚だけで起こっているわけではないのか。

この写真一枚の変化をきっかけに、写真に引きずられて、現実のみんなの記憶が改《かい》竄《ざん》されたのだとしたら――。

そんなことない。

そこまでバカげたことがあるわけない。

そう思いながらも、胸がドキドキしていた。バカげたこと、というなら、バカげた不思議なことはもう写真の中で起こってしまっている。

確かめたい、という気持ちを抑えることができなかった。

「それで、数年ぶりに実家に帰って、確認してみることにしたの。――このアルバムはその時の。実家の両親が整理していたのを、記念にもらってきた」

「――どうだったの？」

「見ての通り。中に写ってる通りだよ」

スミちゃんが微笑み、私がアルバムをめくる。

写真の中のスミちゃんは、藤色の着物を着ていた。どの写真もそうだ。表情だって仏頂面のものは一枚もない。

スミちゃんが言った。

「あの写真一枚だけじゃなくて、実家にあった他の写真も全部変わってた。あの写真の変化をきっかけに、現実の方がそれに引きずられてすべてその通りになったの」

その日、スミちゃんはアルバムの中を確認してすぐ、実家であるものを探した。

写真の中、みんなの記憶――、現実が、あの着物の存在を軸に変わり始めたのだとしたら。

両親の寝室にあった桐箪笥の中を確認する。するとそこに——着物があった。藤色の、あの時買い損ねてしまったはずの、成人式の着物が。

きっとそうだろうと思いつつも、半信半疑だったスミちゃんが茫然《ぼうぜん》と畳まれた着物を眺めていると、部屋に入ってきた両親が「どうしたの？」と声をかけてきた。立ち尽くすスミちゃんの背に、そしてこう、声をかけた。

——中学の友達の結婚式、この間、あったんでしょ？　どうしてそれ、着ていかなかったの？　着ていったらよかったのに。

藤色の着物は戻ってきたのだ。

数年経って、今度こそ、スミちゃんの手に戻ってきた。

「とまぁ、そんなことがあったわけ。信じてもらえないかもしれないけど、本当の話だよ」

語り終え、私のカップに紅茶の追加を注いでくれながら、スミちゃんが言う。その顔を見つめながら、私はしばらく迷ってから尋ねた。「それってさ」

「それって、その着物の力なのかな。古いものには何か不思議な力が宿るとか、そういうこと？」

「さあ。それはわからない。着物とか、和のものって確かにそういう雰囲気があるけど」

　日本には、古く長く使ったものには神が宿る、という考え方がある。付喪神《つくもがみ》という概念があるくらいだ。着物の中の藤の花にしても、趣《おもむき》がある花だ。たくさん並んだ藤棚は、実際に見ても壮観だし、その下に花の精のようなものがいたって不思議じゃない雰囲気がある。

　しかし、スミちゃんが曖昧《あいまい》に微笑んで否定する。

「ただ、着物自体は、デパートにも入ってる業者のそう高くない商品だし、いくらお値打ち品だって言っても謂《いわ》れがあるものじゃないと思うよ。アンティークってわけでもないし、そこまで古いものでもないと思う」

「じゃあ、スミちゃんの思い入れにその着物が応えたとか？　たとえ古いものじゃなかったとしても、思いが通じた、とか」

「さあ。着物のおかげなのか、この写真に力があったのか、それはわからないけど」

　意外にもスミちゃんの口調は軽く、さらっと話題を流してしまう。「紅茶、お湯足してくるね」と言って席を立ち、物がすっかりなくなった殺風景な台所に向かう。

　彼女の後ろ姿を見送り、私はアルバムに視線を戻す。

　スミちゃんの今の話を信じたわけではなかった。

　開いたままになっているアルバムの中では、藤色の着物を着たスミちゃんが、友達とピースサインを作っておどけて写真に写っている。それはとても自然な写真だ。

――だから、最初からそうだったのだろう、と思う。

最初から、スミちゃんはこの藤色の着物を着た。ピンク色の着物をレンタルしたという事実の方がなかった、と考える方が、今の写真の話よりはるかに自然だ。着物のクーリングオフはなかったし、不思議なことは何も起こっていない。そう考えれば辻《つじ》褄《つま》が合う。

とはいえ、何だか少し怖くなってアルバムを手から離し、テーブルに置く。

問題は、どうしてスミちゃんがそんな作り話をしたのか、ということだった。彼女だって、こんな荒唐無稽《こうとうむけい》な話を私が本当に信じるとは思っていないだろう。一体、どんなつもりであんな話をしてみせたのか。

これは、お互いに信じないことを前提にした言葉遊びのようなものなのだ――そう割り切って、台所からポットを片手に戻ってきたスミちゃんに、私は首を傾げてみせた。アルバムではなく、一枚だけ挟まれていたあの写真を指差し、「でも意外」と口にする。

「スミちゃん今、あんなにお母さんと仲がいいのに、そんなことがあったなんて意外だよ。話に聞いてるだけだけど、スミちゃんのお母さん、おしゃれそうだし、いろんなレストランにも買い物にも一緒に行ったり、今はもう全然そんなそぶりないじゃない。さすが元同業者だけあってスミちゃんの仕事にも理解がありそうだし」

「ああ――」

スミちゃんがカップを置く。その目が遠くを見るようにゆっくりと細く歪《ゆが》む。どこかぼんやりとした目で、彼女が私を見た。そして言った。

「そっか。ヒロちゃんは私が社会人になってからの友達だから、知らないんだ。前の母のこと」

「え?」

「電話があったの。ある時。たまには帰ってきたらって、ママから。その電話があったからこそ、私はアルバムの写真を確認しに、実家のあるS町にだって戻る気になったのよ」

「……え?」

私が短く声を出した、その時だった。

テーブルの上が、ブブブブ、と小さく震えた。私は反射的にびくっと肩を震わせる。テーブルの上で、スミちゃんのスマホが震えていた。画面に電話着信の表示。相手の名前が〝ママ〟と表示されている。

スミちゃんがスマホを手にとった。

「ごめん、またママだ。ちょっと出るね」と立ち上がる。

スマホを片手に、スミちゃんが再び、廊下に出て行く。明るい声が、ちょっとー、どうしたの、ママ、まだ何か用だった？　と話しかけるのが聞こえた。

その声は、友達に話すように気安く、親しげだ。

ふいに、私の目がテーブルの上に残された写真に吸い寄せられた。

写真の中には、藤色の着物を着たスミちゃんがお母さんと写っている。お母さんと、腕を組んで、写っている。

その時に、あれ、と思った。

さっき、写真の中のお母さんとスミちゃんは、腕なんか組んでいただろうか。

お母さんがスミちゃんの肩に手を添えていた、仲がよさそうだなと思った。ずいぶんおしゃれで若々しいお母さんだなと思った。そこまでは覚えている。だけど、腕なんか組んでいただろうか。

そう思った時、耳元でふいに、声が弾けた。スミちゃんがさっき言っていたことだ。

――私が望んだとおりの成人式が、この写真の中ではその通りになった。しかもそれは――。

――写真の中だけに、とどまらなかった。現実が、写真に沿って少しずつ、今度は変わり始めたの。


写真を撮った時、スミちゃんの表情は仏頂面で、笑顔じゃなかった。自分を支配してきたお母さんの横で絶対に笑ってなるものか、と思っていた。

この写真には、最初から、お母さんが写っていたのだ。

私が望んだとおりの成人式。

それは、着物と、表情だけだろうか。

スミちゃんが、廊下で「だから、ママ」「そうだよ、ママ」と電話の向こうに話しかけるのが聞こえる。

そして、気づいた。話の間中、ずっと、違和感があったことに。

スミちゃんは、自分の母親をママと呼ぶ。その呼び方が、どうしてもスミちゃんの回想の中の〝母〟と一致しなかった。

写真を見る。

スミちゃんはさっき「前の母」と言わなかったか。

微笑んでいるスミちゃんと、横のお母さんと目が合う。まるで生きた人と目が合ったように、私の背筋をぞっと寒気が襲った。

──どこかに本物の優しい、子どもの話もちゃんと聞いてくれるような母親がいて、今の母が継母だったならいいのにって思うのに、残念ながら顔がそっくりだから それもないわけ。

写真の中の二人は、あまり似ていなかった。母と娘だと言われたら、確かにそうだろうとは思う。けれど、そっくりだというほどではない。

ふいに、竜之介くんのお母さんを思い出した。親は親、子どもは子ども。威厳を保たなければならない。それは、スミちゃんの家の子育てと似ていた。

──〝そうあってほしいのに、どうしてそうじゃないのか〟ってよく怒られた。

そうあってほしいのに、どうしてそうじゃないのか。

それはそのまま、スミちゃんからお母さんへの気持ちだったのではないだろうか。どうしてうちだけがこんなに厳しいのか。他の家で許されることが許されないのか。どうして、うちのお母さんは、〝こうあってほしいのに、そうじゃないのか〟――。

さっき、スミちゃんはこう言わなかったか。

竜之介くんのお母さんの話を聞いて、私を慰《なぐさ》めるように、気軽な口調で。

――うーん。まあ、大丈夫じゃない？　そういうお母さんはきっとそのうちい、なくなるよ。

「お待たせー。ごめんね。また電話。ママが、明日何か持って行った方がいいかって聞くんだよね。そんなの、引っ越しなんだから、物が増えるのよくないに決まってるのに」

場違いなほど明るい声がして、スミちゃんが廊下から戻ってくる。

「抜けたところがあって、うちのママ」

抜けたところや、隙なんてまるで作らなかったであろうお母さんと違い、ママにそうあってもらえることがうれしいように、スミちゃんが言う。

戻ってきて、彼女の目がふいにぼんやりする。また遠くを見つめる目つきになって、例の写真を手にする。

「どうしてだろう――」

彼女が言った。

「この着物の話をすると、必ず、今のママから電話が来るの」

三月の風が、彼女の呟きを攫《さら》うように窓の向こうからすっと吹き込んで、そして消えた。

早穂とゆかり

1

日比野《ひびの》ゆかりに会うことになった、と伝えると、仲間うちからたちまち、「え、すごい」と声が上がった。

「いつ？」

「明日です。取材で」

「なんの？」

「今度出す号の特集コーナーです。県出身者のことを扱うんですけど」

「そっかぁ。早穂《さほ》ちゃん、同級生だって言ってたもんね」

月に一度程度飲むこのメンバーは、地元のマスコミ関係者の集まりだ。

地元放送局や新聞社の記者を中心に、入社当時、知り合ってすぐから続けてきた飲み会は、そろそろ十五年目を迎える。早穂も、もうアラフォーと呼ばれる年代だ。

湯本《ゆもと》早穂は、県内情報誌『ＳＯＮＧ』のライターをしていた。

県内のおいしいレストランやおしゃれな雑貨店、イベント情報などを伝える雑誌は、扱うエリアは狭くても、その分、掘り下げた取材ができる。地元志向と呼ばれる最近の流れの中にあって、二十代から三十代の読者に根強い人気があった。

「誰それ。日比野って」

すぐ横に座っていた同僚の舟木《ふなき》が、酔いが回った口調で尋ねてくる。バーのテーブル席で、早穂は「もう。教えたじゃない、この間」と、彼を軽く睨《にら》んだ。

県庁所在地の駅前はチェーンの居酒屋以外が軒並《のきな》み姿を消し、早穂たちが社会人になったばかりの十五年前にはまだあった、センスのいい個人経営のバーなどは次々閉店した。この店は、その中の最後の生き残りだ。

オレンジ色の照明がほどよく暗い、ジャズの流れる店内で、早穂はグラスを傾けつつ、「あの子だよ」と舟木に答える。

「最近よくテレビや雑誌に出てる、塾経営の」

「あー。はいはい。日比野さんね。知ってる知ってる」

先輩の記者で、地元のテレビ局に勤める小川《おがわ》が、横で頷《うなず》いた。

「いじめやなんかの教育問題関係で、よくコメンテーターしてるよね」

「あー。HBT系列のニュースは朝、レギュラーをやってるみたいですね」

「最近、本当によく見るようになったよね。カリスマ・マダムみたいにも言われて」

小川の声に、少し離れた場所に座った同じテレビ局勤務の西野《にしの》が、「うちの局も今度取材に行きますよ」と手を挙げた。早穂はそれに「そうなんですか」と苦笑する。

日比野ゆかりは、京都にある中学生向けの個人塾の経営者だ。

個人経営の小さな塾なのに、彼女のもとに通った子たちが次々と有名高校に受かっている――ということで、地元の親たちの間でじわじわと評判が広がり、一躍〝話題の人〟として騒がれている。

子どもの個性を尊重し、苦手をなくす、彼女考案の少人数制の『ヒビノ・メソッド』と呼ばれる教育方針がにわかに注目され、彼女の塾に通わせたいと願う親たちが後を絶たないらしい。塾に通ったことで、不登校だった子が学校に通うようになった、というような話まで飛び出し、一部の人からは「カリスマ」と呼ばれたりもしているようだ。塾には遠くから新幹線で通う子や、芸能人や政治家の子どもまでいると聞く。

塾の経営自体は、「少人数制の良さが損なわれる」という理由から、これ以上拡大するつもりはないようだが、彼女が出した本やDVDは売れているようだし、彼女自身のマスコミへの露出も今、かなりのものだ。勉強の内容というよりは、学校で問題を抱えた子どもたちが緊急避難的に頼る場所として、彼女の塾は高く注目されているようで、メディアに露出するときはたいていそんな話をしている。

小川が楽しそうに笑い、問いかけてくる。

「早穂ちゃんとは、いつの同級生なの？」

「小学校です。中学は、私が国立付属に行ったので離れましたけど」

早穂は地元の国立大付属の中高一貫校を受験したが、ゆかりはそのまま市内の中学に進んだ。

彼女を知らない、と言った舟木に「ほら、この人だよ」と、資料として目を通すため持ち歩いていた雑誌を取り出す。付箋をつけておいた場所を開き、テーブルに広げた。

雑誌は、四十代をターゲットにしたファッション誌だ。

日比野の塾のお客さんでもある、富裕層の主婦が読者層。目が飛び出るような金額のシャツやアクセサリーがカラーページで紹介されていて、身につけるモデルもみな品がよさそうだ。

日比野ゆかりが出ているのは、子どもの教育問題を扱う読物ページだった。

見開きのカラー一ページが彼女の全身写真。もう片側に、彼女のインタビューが掲載されている。

「すごいな。女優みたい」

舟木が言って、早穂は肩をすくめる。

「──昔は全然、そんなんじゃなかったんだけどね」

やっかみや、ひがみのつもりではない。本当にそうだった。

今、プロに撮られた写真の中の彼女は、この雑誌に登場していてもまったく浮いていない。メイクはプロにやってもらったように肌に艶《つや》があるし、巻かれた髪もきれいだ。痩《や》せた体つきに白いブラウスと紺のタイトスカートが似合っていて、服にも気を遣《つか》っていることがわかる。正面を見つめて微笑《ほほえ》む顔に、堂々とした貫禄があった。

しかし、小学校時代の誰が、あのゆかりがこんなふうになると想像しただろうか。

「本人、塾で有名なのに普通の中学なんだ？　意外」

「今はだいぶ私立の中学が増えましたけど、あの頃は中学受験するのは一部の子だけでしたから」

当時、うちの県で、中学からもう私立や国立に子どもを通わせるというのはある種のステータスで、早穂の場合も見栄っ張りの母親がそうしたがった。頭はよかったが、ゆかりはそういう家庭の子ではなかったということだ。

早穂が答えると、小川の横から、早穂よりだいぶ年下の真子《まこ》が「へえ」と声を上げた。全国紙の地方支局に勤める彼女は、おととしこの地に赴任してきたばかりだ。

「同級生がこんなに有名になって、みんな嬉しいんじゃないですか。すごいですね」

「それが、全然」

早穂は笑って首を振る。

「嬉しいとか、嬉しくないとか、それ以前の問題だよ。あの子と今も連絡取ってるような子は誰もいないし、そもそも当時から、あの子は友達がほとんどいなかったし」

「そうなんですか？　えー、みんなと仲良くするようなタイプなのかと思ってました」

「全然、全然」

早穂は苦笑する。

言うのはかわいそうかもしれないな、と思うけど、事実なのだから仕方ない。今、教育問題をきれいな涼しい顔で語っている彼女を見ると、早穂はどうしても違和感を拭《ぬぐ》えないのだ。

あんなにしたり顔で目立ってしまって、私たちの誰かがマスコミに彼女の〝過去〟をタレ込みでもしたらどうするんだろうか。――尤《もっと》も、彼女くらいの知名度では、こんなことは週刊誌の記事にもならないのだろうけど。

「生意気だったとか？」

「うーん、むしろ逆。さえないっていうか、地味で、クラスの中でも目立たないタイプ。分厚い眼鏡《めがね》して、暗くて、運動神経も悪くて。班替えしても人気がなくて絶対に余る子っていたじゃないですか。ああいう感じです。――高校が一緒だったたっていう子を知ってますけど、洋服やお化粧に気を遣い始めたのは、大学以降じゃないかって」

「じゃあ、大学デビューってこと？」

舟木が聞いて、早穂は「あ、それだ」、と思う。

「そう。大学デビュー」

早穂が答えると、今度は小川が興味深そうに「ふうん」と頷いた。

「じゃ、あれかな。その時の経験をもとに、今自分と同じような立場の子をいじめから救いたいって、ああいう塾をやってるのかな」

「それが、そうじゃないみたいなんですよ。彼女、自分が過去にそういう子どもだったことを一切、言っていないようなんです。むしろ隠したいんじゃないかな」

何かのインタビューで答えているのを読んだことがある。

『――日比野さんご自身は、どんな子ども時代でしたか？　ご自分は、教室の中でうまくやれるお子さんでしたか？』

質問に対する彼女の答えはこうだ。

『私の場合は、ごく普通の子ども時代でした。だけど、同じ教室の中で、当時も窮屈《きゅうくつ》な思いをしていた子は確実にいたと思うんですよね』

嘘だ、と強く思った。

あの教室で、ゆかりは確実に浮いた存在だった。窮屈な思いをしていたのは自分のくせに、認めないで逃げている。

「それにいじめじゃないですよ。私たち、小学生でもみんなそこまで子どもじゃなかったので、彼女に何をしたってわけでもない。彼女の方にこそ、ちょっと原因があったっていうか」

「原因？」

「——あー、これ言っちゃっていいのかな。すいません、ここだけの話にしてくれます？」

周囲の視線が自分に集中するのを待って、早穂は声をひそめる。囁《ささや》くように言った。

「あの子、霊感少女だったんですよ。——霊が見える、幽霊と話せるってみんなに話して、それで注目を集めてた」

「え、それ、どういうこと？　日比野さんって、そういう系の人だったってこと？」

「あ、じゃあ、今の成功も、そういう力のせいなんですか？」

皆の反応に、早穂は「まさかまさか」と首を振る。

そんないいもののはずがないのに、真意が伝わらないことに微《かす》かに苛立《いらだ》ちを覚える。

「霊感なんて、あるわけないじゃないですか。多分、嘘だと思います。もし仮に本当に信じていたとしてもイタいでしょう？　周りの興味を引きたくてそういうことを言い出して、実際、その時には、みんな騙《だま》されて、あの子のことも仲間に入れてたんですよね」

「仲間に入れてたってことはさ、早穂さん、いじめはないって言ってたけど、実際外してたってことじゃないの？」

かなり酔った様子の舟木が、にやにや笑って絡んでくる。

「早穂さんは、きっと当時からクラス仕切ってたタイプだったんだろうなぁ。案外、率先してやってたりして、いじめ」

早穂はうんざりしながら「だから違うって」と返す。

「私たちがいじめるいじめないじゃなくて、人気がないから自然と外れちゃうの。いじめられっ子が弱い立場だなんて思ったら大間違いだよ。なんていうかなぁ、ゆかりちゃんはイタいタイプ。霊感少女だったこともそうだし、好きな男子にも嫌がられてるのに雰囲気読まないでぐいぐい行く方で、そういう自意識の強さに、みんなついていけなかったんです」

「しかしさ、どうして日比野ゆかりは京都なんかで塾やってるの」

小川がオリーブをつまみながら、彼女の写る雑誌を見つめて言った。

「どうせなら、うちの県に戻ってきてやってくれればいいのに。いくら出身でも、これじゃ意味ないな。ダメだダメだ、この子は」

「――大学が向こうだったって話ですけど」

答えながら、早穂は、内心、なんと見当違いなことを言うのだろう、と少し白《しら》けた気持ちになる。

有名人が出ると、すべては自分たちや地元の役に立つべきだ、ということにしか繋《つな》げて考えられない。だいぶ酔ってはいるのだろうけど、上の世代のおじさんたちの考えには、自分が地元誌のライターをしていてさえ、合わないものを感じる時がある。

だって、早穂はゆかりに戻ってなんてもらいたくない。

目障りだというほどでもない。羨《うらや》ましくも、もちろんない。正直、ゆかりのことなんかどうでもいい。

ただ、過去にあんなさえない子だったというのに今の姿が滑稽《こっけい》だな、と、他人事《ひとごと》としてどうでもいいと、思うだけだ。

2

帰宅すると、夫はまだ帰っていなかった。

県庁所在地の駅からほど近い場所に立つ高層マンションの部屋は、新築された際に夫とともに購入したものだ。当時はまだ珍しかった、生ゴミを処理するディスポーザーや食洗機が組み込まれたシステムキッチンが気に入って買った2LDKは、住んで十年近く経つ今も、やってくる客が「きれいな家だ」と褒《ほ》めてくれる。同年代の友達は、結婚するとほぼ郊外に新築の一軒家を持つが、早穂は頑《がん》として駅前という立地にこだわった。

夫の哲雄《てつお》はコピーやプリンターなどの大手のリース会社に勤める営業職で、若い頃に合コンで知り合った。やってきた数人の中で、ぱっと見て惹《ひ》かれるような顔立ちのよさがあり、また飛び抜けて話が面白かった。

三月末の今の時期は、リースの切り替えに入る会社が多いので、ずいぶん忙しいらしかった。早穂はため息をついて、先に風呂に入り、パジャマに着替えて、明日の準備に入る。

今日、飲み会に持っていったのとは別の、資料として図書館でコピーを取った日比野ゆかりの記事をいくつか広げる。

『カリスマ塾経営者』

『働く女性のワーキング術』

『起業に向けての先輩女性からのアドバイス』

『子どもたちの救世主』

輝くように並んだ言葉に、ふう、とため息をつく。

──子どもたちの救世主。

声に出してみると、皮肉な気がした。彼女のことを、少なくとも、あの頃の私たちは誰一人救世主だなんて思わなかった。四十代が見えてくるようになって、早穂自身も小学校の同級生たちとはもう連絡はほとんど取っていないが、みんな、このことをどう思っているか、一度聞いてみたいものだ。

「ただいま」

玄関の方で声がして、ダイニングに座ったまま顔だけそちらに向け、「おかえり」と言う。リビングに入ってきた哲雄が、「疲れた」と息を漏《も》らして、早穂の背後に回った。

「遅かったね。仕事、やっぱり大変なの？」

「いやー、面倒な付き合いが多くてさ。抜けられないの、マジでしんどいよ」

ネクタイを緩めながら言う。「もう風呂入っちゃったんだ？」と早穂を抱きしめ、首筋にキスをしてくる口元から煙草《たばこ》の匂いがした。

「うん。哲雄もシャワー浴びたら？　ビール、用意しとくよ」

「わあ。早穂、マジ女神。でもいいや。外で結構もう飲んできちゃったから」

早穂から体を離し、哲雄が言う。年を経て、少しお腹も目立ってきたけど、それでも充分若く見えるし、容姿も衰えていない。

子どもがいないせいか、自分たちは圧倒的に若い夫婦だという自覚があった。結婚して十年も経つと、友達の中には夫に大事にされない、と嘆くような子もいるが、早穂たちの場合は、結婚当時と同じく、年の割には仲がよい方だと思う。

「何、これ？」

出しておいた日比野ゆかりの記事を、哲雄が手に取る。

「明日、取材に行くの。だから、今日、ちょっと早く寝るね。悪いけど、向こうに一泊することになるから、よろしく」

「うわあ、この人、インタビュー引き受けたんだ？」

哲雄には、依頼をするということまでしか伝えていなかった。

ゆかりがメディアに露出するようになってから、早穂は、何度も何度も、実家の母に屈託《くったく》なく「取材にいかないの？　お友達だったんだし」と言われてきた。

早穂にとって、ゆかりのことは〝微妙な〟エピソードの数々とともに記憶された存在だが、親たちにとってはそうではない。小さな小学校の、学年の子どもがすべて顔と名前がわかった存在だった関係性の中で、娘の元同級生が有名人になったということは母世代には無闇に嬉しいことらしかった。

ゆかりが雑誌に出始めたばかりの、今ほど有名でなかった三、四年前のこと。頼んでもないのに、ゆかりの母とたまたま図書館で会ったという早穂の母が、「お嬢さんのこと、うちの早穂も雑誌で見てすごいって言ってました」と伝えたとかで、その後しつこく「ああいうふうに言っちゃった手前、連絡しなさいよ。この日とこの日なら、帰ってくるみたいよ」とご丁寧《ていねい》にも、彼女の実家の電話番号を手渡された。

その時は、どうしても気乗りしなくて、その番号を後輩に渡し、「取材してみたら」と丸投げしたが、連絡しても、ゆかりは取材を断ったそうだ。「この番号は誰に聞いたのか」という問いかけに後輩が自分の名前を出したと聞いて、肝《きも》が冷えた。

取材の依頼は当時もそこそこあったはずだし、今では全国のメディアを相手に仕事をしているゆかりにしてみたら、もう忘れてしまった話かもしれないけれど、それでも早穂には気まずい思い出だ。この時も後輩から「同級生なんてすごいですね」と言われた。

自分から積極的に近づきたいかと聞かれたら、仲がよかったわけでもないし、できることならもうかかわらなくてもいい。けれど、周りからそんなふうにされると、早穂の立場で彼女に何もコンタクトを取らないというのも、それはそれで不自然な気がして、意を決して今回、インタビューを申し込んだ。


「よく受けたね」と夫が言うのを聞いて、苦笑する。

「うん、まあね」

「直接連絡取ったの？　早穂のこと覚えてた？」

「ううん。実家は知ってるけど、そっちに急に連絡するのもおかしな話でしょう？　だから、彼女が教育相談やってる雑誌の編集部に連絡を取って、取り次いでもらった。一応、私のことも伝えておいたけど。結婚して、名字が変わってるけど、小学校の時の同級生だった小諸《こもろ》ですって」

「ふうん」

哲雄が興味なさそうに言って、見ていたのとは別の日比野ゆかりの記事を手に取る。

「マダムとかって書いてあるけど、老《ふ》けてるね。早穂と同じ年なんでしょ？」

「ちょっと」

髪を乾かすために巻いたタオルを取り去り、眉をひそめて哲雄を睨む。

「失礼でしょう。私の同期たちの間だと女優みたいって言われてるんだから」

「だって、オバサンぽいよ。子どももいるのかな？」

「さあ、何かの記事に息子がいるようなこと書いてあったけど」

ゆかりも結婚したのだ。

そう考えると、とても不思議な気持ちになる。

今と違って、当時のゆかりは洋服に気を遣うタイプでは間違ってもなかった。中肉中背、特に痩せても太ってもいない女の子で、運動神経が悪く、鈍くさい。着ているものも、祖母の手作りだとかという簡単なかぶりもののダサい服が多く、早穂たちが着るようなデパートで買うブランド名入りの洋服など、一枚も見た覚えがない。

頭は悪くなかったけれど、小学校時代に人気があるかどうかは運動神経で決まると言っても過言ではなかった。

球技でリーダー格になるような女の子——早穂もそうだったが、早穂よりもっときつい物言いをするような子たちから「ボケボケしないで！」と大声で注意されているのは、大抵はゆかりだった。

男子の方も、当時は運動神経が人気のバロメーターになる。

ゆかりが好きになったのも、そんな子の一人で、まったく脈なんかないと思うのに、お構いなしに彼に手紙を書いたり、妄想すれすれの「実は彼と付き合っている」というような話を周りに聞かせたりして、顰蹙《ひんしゅく》を買っていた。

たわいない嘘はすぐにバレ、「彼は付き合ってないって」と他の女子から指摘されると、涙目になって否定した。「本当だもん」という、これもまたたやすく見破れる嘘をなぜ、あの子はついてしまうのか。まったく理解ができなかった。

もう昔のことだ。

――あれは、いつのことだったろう。

確か、小学六年生。卒業の年だった。

その年、早穂と彼女は同じクラスで、ゆかりは一学期の学級委員長を務めていた。学級委員長というと、クラスのまとめ役で、人気がある子がやるように思われがちかもしれないが、早穂たちの当時のクラスは、それは面倒で誰もやりたがらない係だった。

ゆかりは勉強ができたし、変に目立ちたがり屋だったから、誰も他に候補が出ない中、学級委員長になった。

早穂たちのクラスの担任は、若い男の先生で、優しくて、他の先生たちよりかっこいい、と騒がれている人だった。みんな、先生のことが好きだった。

一学期の学級委員長だったゆかりは、いろんな行事の打ち合わせや、先生の手伝いをよくしていて、先生とも急速に仲良くなっていった。

早穂はそれを見て、羨ましくなった。

何気なく、友達に「二学期は私が委員長、立候補しようかな」と言ったところ、他の子から「それ、すごくいいよ！」と背中を押された。

「そしたら、私、副委員長になる」

当時のクラスには、委員長の下にはそれぞれ男女一人ずつ副委員長がいた。話がまとまり、すっかりその気になっていた夏休み近く、ゆかりが思い詰めた顔をしながら、早穂たちの席に近づいてきた。

普段、あの子は、人気のない子だけで構成される、寄せ集めのようなグループにいることが多く、教室の、自分たちの席の方には滅多にこなかった。二つのグループの間には、見えない国境とでも呼ぶべき線があった。

「――早穂ちゃん、二学期の委員長、立候補するの？」

「しないよ」

咄嗟《とっさ》にそう答えてしまったのは、どうしてかわからない。けれど、今、大人の世界の選挙で見ても、それはよくあることだ。出ない出ない、と言いつつ、直前で意向を変えて出馬するような人たちの気持ちが、早穂は何となくわかる。

ゆかりは、早穂の答えを喜びはしなかった。言葉を信じた様子もなく、何かを言いたげに唇《くちびる》をぎゅっと引き結んで自分の席に戻る。その後ろ姿を見て、早穂は気の毒に思った。「出ないでほしい」と思うなら、はっきりそう言えばいいのに。

二学期になって行われた選挙で、ゆかりと早穂は、ともに学級委員長に立候補した。

二人で黒板を背に立ち、模造紙に自分の方針を書いて発表し合う。その模造紙は、早穂は周りのみんなに手伝ってもらったもので、ゆかりは一人で書いたものだった。ゆかりに票を入れる人なんて、おそらくいない。

本人も、その自覚があったのだろう。前に立って発表しながら、ゆかりは肩が震え、声がたどたどしくなって、息継ぎまであやしくなった。極度に緊張して、とても最後まで発表を続けられそうもなかった。

早穂は、普段から、面倒見がいい、と言われるタイプだった。

見ていられなくなって、立ち上がり、ゆかりの背中をさすった。まだ泣いていないけど、泣いている子を慰《なぐさ》める時のように。

ゆかりの背中は汗ばんで、それで震えていて、早穂の手を振り払わず、どうにか最後まで発表を終えた。

小声で、「ありがとう」と言われた。そのまま、俯《うつむ》いて、ひっく、ひっくと泣き出した。この、すぐ泣く、というのもゆかりが周囲から煙たがられた理由の一つだ。

選挙は大差がつき、二学期の委員長は早穂になった。

副委員長に立候補する、と言っていた早穂の親友は、結局選挙に出なかった。ゆかりがあまりに泣くので、先生が気を利《き》かせて「じゃあ、副委員長をしたらどうだ」と彼女に聞いたからだ。

もう六年生だったし、周りはそこまでもう子どもではなかった。早穂の親友も、あっさり、それならば、と引き、立候補しなかった。

早穂とゆかりは、だから少なくとも六年生の二学期、委員長と副委員長という間柄だったはずだが、その後の記憶は不思議と薄い。選挙のことだけが鮮明だ。

後から振り返って、早穂はこのことを、残酷だったのではないか、と思い当たった。何年も経って、すでにもうゆかりと会うこともなくなったような頃のことだ。

仕方なかったとはいえ、ライバルに背中をさすられながら発表するなんていうのは、ゆかりにとってはあまりに屈辱的だったのではないか。

運動神経がよくて、男子からも人気があった早穂は、班替えの時にもまっさきに選ばれるような、所謂《いわゆる》〝いい女子〟だった。自惚《うぬぼ》れとかおごりではなく、客観的な事実としてそうだったろうと思っている。ゆかりも、新しいキャラクターグッズを買ったりすると、それをちらちらこっちに見せながら、早穂のグループに入りたそうにしていた。

その自分にあんなことをされるなんて、彼女のプライドは傷ついたかもしれない。

彼女が「自分には霊感がある」、「霊が見える」と言い出したのは、その後のことだ。

クラスの何人かの女の子に、「あなたの守護霊はこんな人」、「その霊はあなたの前世がこうだって言ってる」というような話をし始め、その時期はずいぶんいろんな子に囲まれていた。

早穂も、彼女とそんな話をしたことがある。

ゆかりを〝イタい子〟だと思う一番の理由はこの頃のためだ。

「ゆうべ、寝ているところを霊に攻撃された。呪《のろ》われるかと思った」と口にしながら、手の甲にわざとらしいほどの湿布をし、包帯を巻いて現れるようなこともよくあった。

当時の自分たちが彼女の霊感話を信じていたかどうかは、今となっては曖昧《あいまい》だ。まだ小学生だった。目に見えない世界のことは、そんなふうに、怪我の包帯や言葉でどんなふうにも存在を示せたが、その逆に不在の証明をすることがひどく難しい。

誰も、彼女の作り出した霊の世界を面と向かって「嘘だ」と否定したり、価値観を揺るがすようなことはしなかった。信じていた子も多いと思う。

ゆかりが〝守護霊〟を通じて、好きな男子が好きな女子の名前を聞いてくれたりもするというので、クラスの中心にいたかわいい子も何人か、その時期はゆかりと仲良くしていたし、その頃のゆかりは班替えでも〝いい人〟たちと一緒になれていた。

けれど、時を経て、そんな世界を必要としない大人になってから振り返ると、ゆかりのしていたことは卑怯《ひきょう》だった、と思う。

誰も存在を証明も否定もできない世界の話をして、自分の価値をアピールしなければ誰にも相手にされないなんて、なんというか、ズルい。現実の自分の魅力で勝負できないから、一足飛びにそんな特別感に頼るなんて、反則行為だ。

雑誌の中で微笑むゆかりを見ると、違和感が拭えない。

もともとさえない子がきれいになった、というだけの違和感では、それはないのだ。

大人だから、絶対に、明日も面と向かって聞くつもりはないけれど、「あなた、霊感少女だったのにね」と言われたら、どんな申し開きもできないだろう。かわいそうだし、絶対に口にしないでいるつもりだけど。

早穂の取材を、哲雄が「よく受けたね」と言った、その通りだと思う。彼女がテレビに出るようになった頃から、哲雄には、話してきたことだった。

今日の集まりでは、さすがに躊躇《ためら》ったけど、夫相手にだったら、いくらだって、本当のことが言えた。

「あの子、みんなから嫌われてたんだよ」と。

いじめ——というと、まるで、その子には何も非がなくて、周りだけに責任があるような気がする。けれど、ゆかりの場合はそうじゃない。私たちの方はみんな大人で、彼女だけが浮いていた。

3

京都駅で新幹線を降り、地下鉄を乗り継ぎ、事前にもらった地図で塾の事務局を目指す。

町屋と呼ばれる平屋の並ぶ、趣《おもむき》のある通りを抜けた先に、周囲の景観を壊さない程度の高さの、階段部分がガラス張りになった、そのビルが現れた。

大きな窓の内側に、和紙や格子《こうし》があしらわれている。まるで、感じのいい和カフェのようだと思うが、横にかけられた看板には、「日比野学習塾」と書いてある。看板の文字は、流麗な手書き文字風のレタリングだった。

入ってすぐの小さな受付に、春の花がたくさん盛られていた。この咲き誇り方は、今日だけしかきっともたないだろう。業者を入れて、毎日注文している一日限りの花なのだ。余裕のある経営ぶりなのだなぁと、ため息が出る思いがした。

「――二時にお約束をした、『SONG』という雑誌の湯本ですが」

「湯本さまですね。お待ちください」

首にスカーフを巻いた若い受付嬢がどこかに電話をかけ、取り次いでくれる。しばらくして、「広報の者がお迎えに参りますので、お待ちください」と言われ、ほどなくして、女性が現れた。塾の広報だという若い女が、「ご案内します」と、早穂をエレベーターに案内していく。

微かに花の香りのするエレベーターは、まるで塾じゃなくて、美容エステにでも来たような感じだった。

「今日はよろしくお願いします」

エレベーターの中で、早穂が言った。

もっと、他にも同僚の記者かカメラマンか誰か、連れてくればよかった。遠方での取材ということで無理ができず、一人で来たが、緊張の度合いが増してくる。

「まさか、引き受けていただけるなんて思わなかったので。——私、もう二十五年以上お会いしていないんですよ」

今日のインタビューの相手が昔の同級生であることは、当然伝わっているだろう。ニュアンスを微かに匂わせて言うが、広報の彼女の反応は薄かった。「そうですか」と言ったきり、表情をぴくりとも変えない。

三階で降り、塾長室と書かれた廊下の先まで案内される。

今日はカメラマンを連れてこなかったから、撮影まで全部、早穂が自分でやらなければならない。カメラとパソコンの入った重たい肩掛け鞄《かばん》を直しながら、広報の女性に続いて、「失礼します」と中に入る。

大きな応接セットと、彼女のデスクが置かれた「塾長室」は、さながら学校の校長室のようだった。

中には二人の女性がいた。

奥の方にいるのがゆかりだ。

首回りがくしゅっとフリル状に絞られた、高価そうなブラウスに黒のタイトスカート。なるほど、普通の生活をしていたら浮いてしまいそうなマダム然とした格好だ。少なくとも、早穂にはできない。

近づいて、息を呑む。

ゆかりはじっと、入ってくる早穂を見ていた。その視線に、少々たじろぐ。

ゆかりのような人はきっと、笑顔で「懐《なつ》かしい」とか、「ひさしぶり」とか、そんなふうにそつなく早穂を迎えるはずだと思っていた。

しかし、その顔に今、笑顔はなく、こちらを見つめる目からはどんな感情も読み取れなかった。

誰も何も言わない数秒の気まずさに耐えかねて、早穂の方から「お久しぶり」と声をかける。

「覚えてる？　小諸早穂です。今は結婚して、湯本だけど」

一歩距離をつめると、ゆかりは雑誌で見る以上に雰囲気があった。こういうのをオーラと呼ぶのだろうか。女優みたい、とまでは思わないけれど、明らかに特別感がある。

「——こんにちは」

ゆかりが、ようやく口を利いた。テレビで聞く時と同じ声だ。ただ、その声にテレビで見せるような明るさと快活さがない。早穂は、「取材、受けてくれてありがとう」と微笑む。けれど、ゆかりは答えなかった。

その様子を見て、微かに息が苦しくなった。

――私には、何も気後れするところはないはずで、バラされたり、触れられれば困る過去を持つのは彼女の方なはずだ。

私は気にしていないけど、ひょっとすると、こちらが思っていた以上にゆかりはまだ気にしているのかもしれない。

だとしたら、気にしなくてもいいのに、と痛々しく思う。

今日は早穂としても、仕事として通常通りの質問をするだけで、そこに彼女の過去のことを暴いたり、蒸し返したりという気持ちはない。面と向かってそう伝えられないのが申し訳ないほどだった。

仕方ない、インタビューを進めるうちにわかってもらえるだろう、と気持ちを切り替える。

インタビューには、ゆかりの他にも、案内してくれた塾の広報の女性と、取材を取り次いでくれた女性誌の編集者が同席することになっていた。

何も答えないゆかりに代わるようにして、「文報社《ぶんぽうしゃ》の和田《わだ》です」と、自分たちと同年代だと思われる女性が、早穂に向けて名刺を出した。

「今回お問い合わせいただいた『PARADE』の編集長をしております」

「ああ、お世話になりました。繋いでいただいてありがとうございます」

「いえ」

では、今日、この人も出版社のある東京から、ゆかりの取材に同席するためだけにわざわざ京都までやってきたのだろうか。それも編集長が自ら。ご苦労なことだ、と思いながら、早穂は再度頭を下げる。

名刺を交換し終えてから、応接セットのソファに通される。案内された場所に座ると、ゆかりが正面に座った。

普段の仕事と同じように、見本誌として鞄から最新号の『SONG』を取り出し、「このコーナーなんだけど」とページを開こうとする。

すると、その時、ゆかりの方から「あの」と声がした。

話してくれる気になったのか。「はい？」と顔を上げる。彼女が続けた。

「――さっきから、だいぶ砕けた口調で話をされていますけど、それは誰のインタビューでもそうされてるんですか」

「え？」

「それとも、私が取材対象である前に元同級生だから、これは仕事ではない、というおつもりですか」

心臓が縮み上がった。

表情が固まる。ゆかりはこちらをじっと見つめたまま、視線を逸《そ》らそうとしなかった。

「これはお仕事ですか、それともお仕事ごっこですか」

「――仕事、ですけど」

「そうですか。まるで学生が作るミニコミ誌のような気軽さだから、お仕事ごっこなのかと思いました」

言葉を失う。

そのタイミングで、ドアが控えめにノックされ、さきほど受付にいた女性が「失礼します」と中に入ってきた。お盆に人数分のお茶が載せられている。動けない早穂の前にお茶が置かれ、その後、ゆかりの分も置かれると、彼女が小声で「ありがとう」と礼を言った。

受付の女性が再び外に出て行くまで、早穂は口が利けなかった。

あまりのことに、助けを求めるように他の二人の顔を見るが、彼女たちもゆかりをフォローする様子もなく、ただじっと早穂を見ているだけだった。表情を一切変えず、何も言わない。

「……ええっと」

わざとらしいほど声に出して、早穂は頬に笑みを浮かべた。引き攣《つ》った作り笑顔で、「ごめんなさい」と謝る。

「すいません。あまりに懐かしくて、つい。ゆかりさんとは、小学校の頃、同じクラスだったから、いろんなことをよく覚えているし」

「そう。では、私も砕けた口調でお話ししてもいいかしら？」

ゆかりが言う。早穂はぎくしゃくと頷いた。

「ええ、もちろん」

「こちらこそごめんなさいね。わざわざ京都まで来てもらって。――あなた、インタビューの企画書に『ゆかりさんが帰省された際にでも、お話が聞けたら幸いです』って書いてくれたようだけど、私、生まれ故郷にはもうほとんど帰っていないの」

「え、そうなの？」

返事をしながら、私はそんなことを書いただろうか、ということで頭がいっぱいになる。書いたのかもしれない。けれど、おそらく無意識だ。

ゆかりが続けた。

「二年前に父が亡くなってから、母にはこの近くのマンションに入ってもらったの。遠方に一人で置くのは、なにかと心配で」

「そうだったんだ……」

ゆかりの父親が亡くなったことを、早穂は知らなかった。母から何も聞いていない。まだ若かったろう。お悔やみを口にするのもいまさら気まずい思いがしながら、何も言えずにいると、ゆかりが改めて「お久しぶり」と言った。

「こんなところまでわざわざ来ていただいて申し訳なかった。遠かったでしょう。あの場所からじゃ、乗り換えも不便だし」

「ううん。そんなことない。東京までならしょっちゅう出張で出るし、そこから新幹線なら乗ってしまえばすぐだから」

遠い、遠い、と強調されると田舎に住むことをバカにされているような気がして、微妙に引っ掛かる。ミニコミ誌、と言われたこともそうだが、地元誌を見下しているのだとしたら、そんなのは彼女の思い上がりではないか。

ゆかりが言った。

「この頃は、塾の本業の方に集中したいから、取材の依頼は極力受けないようにしていたんだけど、どうしても気になることがあって、今日、来てもらったの。ごめんなさいね」

「気になること？」

「ええ、企画書のこと。あなたが、『PARADE』の和田さんあてにくれた、私へのインタビュー依頼の」

先ほど名刺交換をした、和田を見る。けれど、彼女は自分の名前が出たというのにやはり微動だにしなかった。

「企画書……」

早穂は呟《つぶや》く。

さっきのインタビュー場所のこともそうだが、自分が具体的にどんなことを書いたのか覚えていなかった。

前の号の同じコーナーを添付し、どういう趣旨の話が聞きたいのかということをテンプレートにした企画書は、毎回、添付する記事を最新のものに入れ替えるだけで、後はそのまま相手先の名前だけを変えて依頼する。

ゆかりの場合は、知らない相手ではないからそれに加えて何か一言、二言付け加えたかもしれない。そういえば、インタビューに行くのが自分である、ということも書いた。

「お願いがあるの」とゆかりが言った。

「今から、私はあなたに質問をする。まずはその話をしましょう。私があなたのインタビューに答えるのはその後。これから、私とあなたがどんな話をしたとしても、これが仕事なのだったら、その後で、インタビューはきちんとやって、そして責任を持って記事にしてください。今の私の仕事について、それから、必要なら、生まれ故郷や子ども時代が私に与えた影響についても、話しましょう。地元誌だから、そういうことを中心にお話しした方がいいわよね」

「ええ、それはもちろん、聞けるなら」

「お願いね、約束よ。きちんと、記事にして」

はっきりとした口調に気圧され、頷くと、ゆかりの顔つきが変わった。「じゃあ、聞くわ」と口にする。

「実を言うと、初めは、和田さんから私のところには、電話があったの。普段のインタビュー依頼ならメールですぐに転送するのですが、ちょっとお伺いしたくてって」

心臓がドキドキと、嫌なスピードで鳴るのを感じた。咄嗟に、和田の方を見るが、彼女は今はゆかりの方を見ていて、こちらを見ていなかった。

「無意識だと思うのよ」とゆかりが言った。

表情のなかったゆかりの口元に、その時初めて、微笑が浮かんだ。

「あなた、企画書にこう書いたわよね。最後の部分、『それと、これを書くと嫌がられてしまうかもしれないのですが、インタビューには、小学校時代の同級生の小諸早穂が行くとお伝えください。当日、驚かせてしまうといけないので』って」

唇が半分開いたまま、乾いていく。

誰も何も言わなかった。

「どういう意味？」とゆかりが聞く。その顔が笑っていた。

「嫌がられて、い、い、い、嫌がられてしまうって、どういう意味なんでしょうかって、和田さんに聞かれたの。どういうお知り合いですか？　って」

「いや、私、そんなこと」

深く気に留めて書いたことではない。

実際そんな書き方をしたかどうかも覚えていない。早穂の声を遮《さえぎ》るように、ゆかりが言った。

「ええ、わかるわ。無意識なんでしょう。でもね、だからこそ教えて欲しいの」

さっきまでの無表情が嘘のようだった。晴れやかにさえ見える笑顔を浮かべたまま、ゆかりが続ける。

「これが、仲間内でのお話ならわかるのよ。——今、テレビに出て、したり顔で子どもの教育問題や、いじめについて話してるあの子は、昔は冴《さ》えないブスで、いじめられていた側で——、いいえ、いじめという言い方をすると、まるであなたたちが悪いみたいだものね、いじめられていたんじゃなくて、私は嫌われていた」

ゆかりが「そうよね？」と早穂を見る。早穂は動けなかった。口の中で舌が固まってしまったようになって、声が出ない。

何より、ここには自分たちだけではなかった。黙ったまま、じっとこちらを見て、残りの二人もただ座ったままでいる。それが、いたたまれなかった。

「不愉快だったと思うわ。当時の私のような子ども。空気が読めず、自意識ばかり一人前で、人望はないのに目立ちたがり。持っているものも垢抜《あかぬ》けないのに、あなたたちのように垢抜けた子たちと仲良くしたくて、周りをうろうろする。——さぞ、目障りだったでしょう。外されて当然だと思う」

「誰も、そんなこと」

「そうね、言ってない。ごめんなさい、これは私が数年かけて分析してきた自分の子ども時代への評価みたいなものなの。聞き流してくれて構わないわ」

ゆかりが自嘲するように笑う。

「ともあれ、私がそういう子どもだったことを、仲間内で笑うのだったら構わないの。家族や友達や、周りの人とバカにしてくれていい。それはあなたの思い出だから、自由だと思うわ」

でも、どうしてなの、と彼女が言った。

座っている腰の下のソファが、さっきよりずっと硬い。嫌な力が全身に入って、肺を圧迫されているような気持ちになる。

ゆかりが聞いた。

「それを、仲間内で笑うだけじゃなく、本人にまでぶつけてしまうのはどうして？あなたの何が、それをさせるの？　——今の仕事の後学のために、どうか、教えて欲しいの」

4

何を聞かれているんだっけ、と早穂は思う。

息が詰まるようなこの、四人だけの空間の中で、ゆかりの流れるような言葉の内容を整理するのが、精一杯だった。

「嫌がられてしまうかもしれないのですが」、と、私は書いた。確かに、書いたのだろう。

なぜそれを、出版社相手の企画書に書いてしまったのか。無意識だったけれど、正直な気持ちだった。

ゆかりは自分に会いたくないだろうと思ったし、自分の名を聞いて、インタビューを断るんだとしても、それは仕方がないことだと思っていた。

「ごめんなさい」

頭から、血の気が失せていた。どこかにぶつけたように、意識がぼんやり、現実感を欠いているように思える。

謝らなくては。

「謝って済むことじゃないかもしれないけど、本当に、深く考えて書いたわけじゃなくて、ただ、私たち、昔もそんなに仲がいい方じゃなかったし、会いたくないかなって思っただけで」

「あなたはそうじゃなかったの？」

ゆかりが再び、笑わない顔で早穂を正面から見つめていた。「え」と掠《かす》れた声が出る。優しげな、穏やかな声で、ゆかりが尋ねる。

「あなたは私に会いたかったの？」

「会いたかったけど、迷惑かと思って。ゆかりちゃんは有名人になったし、雑誌にもあちこち、きれいな格好をして出てて、だけど、連絡をするのも有名になったからって急に飛びついたようで、失礼だと思ったし」

「……地元のお友達、何人か、きちんと連絡してきてくれた子たちがいるのよ」

早穂はのろのろと顔を上げ、ゆかりを見る。ゆかりが目を細め、続ける。

「私がテレビや雑誌に出たときだったり、まだ実家にいた私の母に『ゆかりちゃん、すごいね』って、屈託なく連絡してきて、その後、会った子たちもたくさんいるの。マチ子ちゃんとか、ふゆちゃんなんかは、今もずっと連絡を取ってる」

知っている子たちの名前だった。

早穂とも、年賀状のやりとりくらいはしている。あの子たちが、そんなふうにゆかりに連絡を取っていたなんて知らなかった。

「父の葬儀の時にも、いろいろ手伝ってくれたわ」

ゆかりが顔を上げ、不思議なものを見るような目つきで、早穂を見た。

「連絡をくれた子たちはみんな、会うと、恐縮していた。『本当にただ、すごいねってことをおばちゃんに伝えようと思っただけなの、まさか会ってくれると思わなかった』――。今のあなたみたいにも言っていたわ。『有名になったから急に連絡したなんて、図々しいって思われないか、すごく怖かった』って」

早穂はぐっと、自分のスカートの裾を摑《つか》む。逃げ出してしまいたい衝動に駆られた。

けれど、それを許さないように、ゆかりが続ける。

「そんなことを言ってくれる相手を、図々しいなんて思うはずがないでしょう。私に、きちんとまた連絡を取り合おう、人と人として付き合おう、と連絡してくれたのよ」

「……正式に取材をしたいと思ったら、個人的に連絡するのは失礼な気がしたの。だから、出版社経由で」

「ええ、あなたの場合はお仕事だもの。個人として会うわけではないから当然ね」

ゆかりがにっこりと、優美な、例のマダム然とした微笑みを浮かべる。「間違っていたらごめんなさいね」と。

「どういうつもりで、あなたがあんなことを書いたのか、私なりに、ずっと考えていたの。それでね、私、あなたが私をようやく対等になったって認めてくださったんじゃないかと思ったのよ」

認めてくださった、という慇懃《いんぎん》な言い方に、早穂はどう反応すればいいのかわからなかった。さすがに「対等？」と聞き返す声が刺々《とげとげ》しくなる。

ゆかりは表情を崩さなかった。

「──何年か前に、あなたの同僚だという人から実家に連絡をもらった時、私、あなたは私に会いたくないいんだなって思ったの。地元誌の編集部にいるから、仕方なく連絡を取るけど、それを人任せにしたいくらい、私のことが好きじゃないいんだなって」

忘れてしまっているかと思ったが、覚えられていた。背中にすっと冷や水を浴びせられたような気持ちになる。ゆかりが続けた。

「どうして、自分から電話をかけてこなかったのか。あの時も、私は考えた。なんでこんなことができるんだろう、元同級生で、同じ教室で過ごして、面識だってある私の実家の連絡先を後輩に渡して、自分はかかわらないで済ませるような、人を人とも思わない行為がどうしてできるんだろうって、わけがわからなかった」

「人とも思わないなんて、私は別に」

「元同級生のかわす、人と人との血の通ったコミュニケーションではないでしょう？

私は、あなたに軽《かろ》んじられたように思ったわ」

あなた、とゆかりが早穂を見た。

「いつまでも、あの頃の人間関係のままでいるんじゃない？　あなたの中で、私はいつまでもあの頃の恥ずかしい、イタい子。あなたはクラスの人気者。――有名になって、大人になって、ようやく私と対等な関係になりましたねって、そういうつもりでようやくインタビューを依頼してきたのかと思ったわ」

「そんな」

反射的に声を荒らげた。

「そんなつもりないわ。ちょっとそれは被害妄想なんじゃない？　私、本当に……」

しかし、話しながらも、早穂自身にもわからなかった。自分がどういうつもりだったのか。どんな気持ちであああ書いたのか。話せば話すほど、自分の気持ちが作られていく気がする。

昔もそんなに仲がいい方じゃなかったし、会いたくないかなって思っただけ。有名になったからって急に飛びついたようで、失礼だと思ったたし。どれもがそうなようでいて、だけど、本音ではない気がする。言葉の先に、続けたい言葉が見つからない。

「どういう自意識なの？」

ゆかりが聞いた。

はっきりと敵意のある言い方だった。

「あなたの名前を聞いて、私が嫌がると思うくらいの、その、自分への価値の払い方はなんなの？　あなたとの思い出なんて、私には何の傷ももう残さない」

「だって」

心臓が、それまでで一番激しく、ギリギリと鳴った。言うつもりはなかった。言わないことが情けであるような気もしていた。けれどもう限界だ。こうまでされて黙っていられない。

かわいそうだけど、と哀れみさえ感じながら、口にする。

「だってあなた、霊感少女だったじゃない。――それに触れられたら、恥ずかしいかと思って」

ここには今、早穂とゆかりの二人だけではない。彼女がともに仕事をし、おそらくはそれなりの敬意を払われているであろう相手がいる。彼女たちの方を気にしながら、早穂は言う。言ってしまう。

「――自分には霊感があるなんて言っちゃって。そういう目に見えない、スピリチュアルの世界の住人だったなんてこと、蒸し返されたくないでしょう？　霊に攻撃された――なんて言って、わざとらしく、包帯で手を巻いてきたこともあったよね。そういうことを全部覚えてる私が、今、せっかく偉くなったのに目の前に来たら、相当嫌だろうなって思ったからよ」

私だったら嫌だもの——、続ける声が、興奮で息切れする。

「だから、気を遣って書いたの。イタい子ども時代を知ってる人間には、会いたくないだろうからって」

「——だから？」

ゆかりは至って静かだった。

とうとう言ってしまったという気持ちで肩で息をしていた早穂は、目を見開いてゆかりを見た。もし、これが逆の立場だったら、早穂は恥ずかしくて生きていけない。そう思うのに、ゆかりは静かなままだった。

もどかしい気持ちで、早穂は続ける。どうしてこんなすぐにわかるようなことを、説明させられなければならないのか、と思いながら。

「あれは、嘘だったんでしょう？」

切り札をつきつける気持ちで、早穂は言った。

「ちやほやされたいからついた、あなたの拙《つたな》い嘘。霊だのなんだのの世界を仮に信じ込んでいたんだとしても、それはそれでイタいけど」

「ええ、嘘ね」

ゆかりはあっさりと認めた。早穂はゆっくり、息を吸いこむ。

彼女の顔に、優美な微笑みが戻りつつあった。

「嘘よ。しかも、かなり悪質な嘘。子どものしたかわいいことだというふうに、大人のあなたが今、流せない気持ちもわかるわ。あなたの言うように、とてもイタい。——ブスで、さえなくて、運動神経が悪くて、何の取り柄もなくて、どうしたら班替えの時に余らない人間になれるかなんて小さなことで頭がいっぱいだった私が、一気に注目されるためについた嘘。実際にないものに頼ることでしか、私は仰《おっしゃ》る通り、友達ができなかった」

ゆかりが静かに早穂を見た。

「だけど、それがそんなにいけないこと？」

「だって、嘘だったなら」

呆《あき》れるのを通り越して、早穂の口元に脱力した笑みが浮かんだ。

「悪いに決まってるでしょう。人を騙して、傷つけて——」

「……傷つけたというなら、ごめんなさい。でもね」

ゆかりが首を振る。「私には、そうは思えないの」と。

「さえない私と違って、さえわたって、運動神経もよくて、友達も大勢いて、その頃の私が持っていなかったものを全部持っていたように見えるあなたたちが、私の嘘くらいで傷つけられたなんて、私にはどうしても思えない。ううん、傷つけられたからって、どうなのかしら？　あなたのお友達の一部が、私と仲良くしてくれたことが、そんなに気にくわなかった？　その何倍も、あの頃の私が傷ついていたとしても？　そんなささいなものが譲ってもらえないの？　――あなたの言う『霊感少女』にならなければ、私の世界は崩壊寸前だったのよ」

「でも、だからって、あんな方法。虚言癖みたいなものじゃない」

「――そうね。なら謝るわ」

ゆかりが顔を上げた。

そして、早穂の方に堂々と体を向ける。

「傷つけて、本当にごめんなさい」

両手を太ももの上に重ねて、頭を下げた。

5

改めて、気付くことがあった。

早穂は気まずさに耐えかねながら、ソファに座ったまま、同席する人たちを見る。

塾の広報の女性も、『PARADE』の編集長も、さっきから、言葉の応酬を重ねる自分たちのそばにいながら、その表情をぴくりとも動かさない。止めもせず、かといって部屋を出て行く気配もない。

これは、織り込み済みの流れなのだ。全身を、ぞっと寒気が襲った。

ここにいるのはすべて、ゆかりの味方たちだ。わざわざ東京からここまでやってきた編集長は、ゆかりに頼まれて、この会話を聞かせるために呼ばれたのだ。

そして、今、ゆかりにタブーはない。

この、自分をかばう仕事相手たちに何を見せようと構ったことではないところまで、彼女たちを味方につけているのだ。

「――あの頃のことを知っている、連絡してきてくれたあなた以外の同級生たちに会うとね」

ゆかりが静かにまた、話し出した。

もう相手にしたくない、という気持ちで、けれどそうする自由を奪われた早穂は、ゆっくりとまた彼女の顔を見る。

「……私の嘘を覚えている様子の人たちも、もちろんいるのよ。触れられたなら、私にとっても気まずいけど、だけどたいてい、その子たちは言葉を選ぶの。……うちに招いた時には、優しい言葉で、『不安定なゆかりちゃんが、今、旦那さんとか家族とか、いろんな人に支えられているのがわかって嬉しい』って。メールをくれた子もいる。今、私は他の人と比べてもだいぶメンタルは安定している方だと思うから、彼女たちの中の私がまだ『不安定』なままだというのは、ちょっと複雑だけれどね」

自分でもわからないの、と彼女が言った。

「当時の自分が、見えない世界について、一体どこまで何を信じていたのか。確かに演じていたし、嘘をついていた。だけど、途中から実際どこまで自分が自覚的だったかわからない。それくらい深い嘘の世界を生きていた私は、あなたの言う通り、虚言癖の持ち主だったんだと思う。——思うに、こういう性格もクセも不安定さも、現実との折り合いが自分の中でついてくれなければ消えないの。そして、今、私は折り合いがついている」

早穂は何も言えずに、下を向いた。

ゆかりの言葉は、おそらく早穂に聞かせるようでいて、これも彼女の言うとおりの自己分析なのだろう。

「あなたの書いた『嫌がられてしまうかもしれないのですが』という言葉の、真意の話に戻りましょう。今話してきたような私への牽制《けんせい》も確かに含まれていたんでしょうけれど、たぶん、書いた意味は本当はごくシンプルなんだと思うの」

「意味」

言葉を繰り返していた。それぐらいしか、言えることがない。

「本当はこれが聞きたいの。――あなた、自分がやってたことの自覚があるの？」

聞かれた意味が咄嗟にわからなかった。え、と声にもならずに口だけ開いたところで、彼女が続ける。

「自分が私にしていたことの、自覚があるの？」

「してた、こと？」

「あげれば切りがないけれど」

ゆかりが笑った。鼻先で、笑い飛ばすように。

「たとえば、あなたは当時から、私をバカにしていたわよね。ブスでさえない、だけど成績だけはいいこんな子が、どうして存在しているのかっていう事実それ自体に苛ついていた。あなたによく物真似されたこと、私、覚えてるわよ」

胸に、凍《こお》った刃《やいば》を押し当てられたように思った。同席する残り二人の女性の目が、こっちをじっと見つめ続けている。

「クラスの中の親切な子の何人かが、当時、教えてくれた。私が、ノートを一枚めくるたび、問題をひとつ解くたび、神経質に髪を何度も耳にかける仕草がおかしいって、あなた、それを自分の通ってた国立対策の塾の講師の前で、何度もやってみせたらしいわね。若くてかっこいい男の先生は、それを見て笑い転げて、見知らぬ私の物真似を、あなたの真似を頼りに『こう？　こう？』と何度もやってみせていたって」

全身から、血の気がゆっくり失せていく。

今日はもうこれ以上の衝撃はないだろうと思っていたのに、衝撃には終わりがなかった。

「覚えてない」

早穂は言った。

本当は、覚えていた。そんなことをしたような気がする。だけど、忘れていた。やったかもしれない。だけど、気にしなかった。

「それと、私、下ネタの話に乗れなかったから」

ゆかりが美しく化粧の乗った顔で、上品に笑う。

「あなたたちが当時盛り上がっていることの大半に、うまく乗れなかった。それが本当につまらない子みたいに映ったのね。そういう話を『ねえ、もうお毛け生えた？』『ずっこんばっこんって意味わかる？』ってこれ見よがしに聞いてきて、私がそれを流せないし笑えないのを、みんなでよく笑っていたわよね」

上品な微笑みを浮かべたまま語られる言葉を、とても聞いていられない。これもまた、覚えていない。だけど、言ったと言われたら確かに言ったのかもしれない。わからない。あの頃なら、たぶん、言った。

「他にもあなたが当時話していた低俗で下品で笑いがとれていた話、耳をふさぎたい気持ちで聞いていたから全部覚えているわよ。今、話しましょうか？　――ああ、それから、お洋服」

　ゆかりが思い出したように言う。

「うちの祖母が作る手作りの服を、ダサいし、私を田舎の子みたいってよく言っていたけど、知っている？　当時の洋服を今、お友達のデザイナーに見せると、あのスモックはすごくかわいいし、おしゃれだって褒められるの。子どもの価値観ではダサかったかもしれないし、あなたたちの着ていたファストファッションみたいなブランド服の方がセンスがよかったのかもしれないけれど、私は、祖母の服を褒められて、声をあげて泣いたわ」

　そこで初めて、ゆかりの声が掠れて、ぶれた。

「嬉しくて」

　彼女が言った。目の表面が、まばたきをずっと我慢した時のように震えている。

「覚えていない、というんでしょうね」

「……ええ。覚えてない」

　それがせめてもの拠《よ》り所だとばかりに、早穂は頷く。

　わからなかった。自分が本当に覚えているのかどうか。忘れているのかどうか。

　覚えていたから、自覚があったから、彼女に嫌われて当然だと思ったから、だから、企画書にあんなことを書いたのか。

わからない。そんなこと、考えてみたこともない。

早穂の企画書の言葉が、ゆかりの逆鱗に触れたのだとしても、そんなふうに今怒りを露わにされることがピンとこないくらい、ただ、早穂は何も考えていなかっただけなのだ。

「ぜひ、教えて欲しいの。小学校時代のあなたたち、どうしてそんなに他人に興味があったの?」

「……え?」

ゆかりの目が不思議な輝き方をしていた。「教えて欲しいの」と繰り返す。

「本当に不思議なのよ。気にくわない子が一人いる。その子が存在している事実それ自体が許せない。そこまで強く相手を嫌って、バカにできる労力は、どこから来るの? 普段、かかわる子どもひとりひとりの事例を見て、私はよく考えるけど、あなたから連絡が来て、企画書を読んで、今回、心から聞いてみたいと思った。私は当事者としてされたことをよく覚えている。今、大人になって、あの頃より言葉でそれを説明できるようになったあなたが会いにくるなら、聞いてみたいと思った」

早穂の頭の中は、もう帰りたい、解放してほしい、ということでいっぱいだった。どう答えればゆかりは満足するのか。

「……わからない」

早穂の答えを聞いて、ゆかりの顔に、ありありと失望の色が浮かんだ。目を細め、軽蔑するような目つきでこちらを見る。

「わからないわ」

繰り返すしか、もうなかった。

「あなたがそれで、昔傷ついたなら、謝る。ごめんなさい。でも私、本当に悪気は」

「謝ってほしいわけじゃないの」

「――でも、覚えてることもある」

早穂は精一杯、声を張り上げる。彼女を、確かに昔傷つけてきたのかもしれない。けれど、もしかすると、一番傷つけたのは、たぶん、あの思い出だ。

「選挙の時のことは、覚えてる？　六年生の時。あなたが委員長に立候補して、私も出た」

「……ええ、覚えてる」

「ねえ。今、私がこんなにあなたに恨まれてるのは、あの時のせいなの？」

ゆかりは答えない。ただ、早穂を見ている。

「あなたは選挙に出たけど、劣勢で――、最後まで発表ができないくらい声が震えて、その背中を、私、さすった。ライバルだったけど、見ていられなくて、かばう、みたいに」

かばう、という語彙《ごい》に、彼女が気を悪くしたらどうしようと思ったけど、ゆかりは何も言わなかった。

「あなたからしてみたら、みんなの前で敵に塩を送られたような気持ちがしたんじゃないかって、あれから、何度か思い出すことがあった。屈辱的だったんじゃないかって。でもあれだって、私は咄嗟にしたことで悪気があったわけじゃ」

ゆかりが静かに大きく、息を吸った。

「そう」とその息を吐き出す。彼女の顔に、なぜか、寂しげな笑みが浮かんでいた。

「覚えてる。その時のことなら、はっきりと。――大丈夫、屈辱的だったなんて思ったこと、一度もないわ」

「でも」

「あの時、私がどんな気持ちだったか、教えましょうか？　ごまかすわけじゃなくて、本心からだけど、私はあの日――すごく嬉しかったのよ」

早穂は息を呑んだ。

こちらを見るゆかりの目が澄《す》んでいて、それはとても嘘や嫌みを言っているようには見えなかった。

「ずっと嫌われていると思っていたあなたに、あんなふうに優しく構ってもらえたのは、ほとんど初めてだった。私はずっと、あなたたちのグループに入りたかったし、仲良くしたかったから、まさかそんなことが起こるなんて思わなくて、すごく嬉しかった」

早穂は口が利けなくなる。ゆかりの口調に躊躇《ためら》いはなかった。

「周囲から嫌われ者のレッテルを貼られてしまうと、本当は自分にどれだけ自信があっても、やっぱり自信というものはすり減ってなくなるのよ。クラスの中心人物になるような子こそが正しくて、彼女たちのグループにうまく入れない自分はおかしいんだって思うようになる。あなたに気に入ってもらえるには、どうしたらいいんだろうって、そのことで私は毎日、悩んでた。仲良く、してほしかった」

ゆかりがこちらを見る目を、まっすぐに見つめ返せなくなる。早穂は口の中で、歯をきゅっと嚙《か》みしめた。

「ようやく見つけた委員長っていう役割も、この学期はあなたに奪われてしまうのかと、もちろん悲しく感じてた。だけど、あの時は、反省したの。それが一部の人にとっては鼻につくような正義感からの行為だとしても、勝者の余裕がさせた行為だとしても、それでもあなたは、ライバルが過呼吸寸前に苦しければ、背中をさすってあげられる人なんだって。実際、あなたがそうしてくれなかったら、私は最後まで発表を続けられなかった」

ゆかりの顔が、当時のことを思い出すように、初めて苦しげに歪《ゆが》む。

「言ったわよね、私、あの時、あなたに『ありがとう』って。屈辱的だったなら、そんなこと絶対に言わなかった。あなたのことを、恨んだりなんか、ずっとしていなかった」

「じゃあ、どうして……」

なぜ今日、こんな場を設けたりするのか。疑問を口にしようとした早穂に、ゆかりが即座に答えを返した。

「あなたから、あの企画書が来たからよ」

膝に置いた手に、ぎゅっと力が入る。ゆかりの声は、怒っても、悲しんでもいなかった。少なくとも表向きは淡々としている。

「……あなたにそこまで嫌われていたんじゃない、ああいうのは、取るに足らない、子どもなら、どこのクラスにもあるようなことで、気にするようなことじゃない。そう思ってきたのに、ああ、あなたには自覚があったんだって思ったの。私に嫌がられる、と思うほどの何かを、故意に私にし続けてきた気まずさが、今あるんだなって。それなのに、どうして私に会おうなんてことを思ったのかもわからなくて、だから、会って聞いてみることにしたの」

ゆかりが早穂を見る。「それもわからない？」と。

「自分の気持ちがわからないと、そう言うつもり?」

わからない、と肯定する言葉も否定する言葉も、どちらも出て来なかった。黙りこくった早穂の前で、ゆかりの目がまた、さっきと同じ落胆を浮かべる。

「なら、いいわ」と彼女が言った。

6

ゆかりが静かに深呼吸して、それからにっこりと——拍子抜けするほど、表情を変えて、爽《さわ》やかに微笑んだ。

「ごめんなさいね。本来のインタビューとずれた、つまらない話をしてしまって。じゃあ、インタビューに入りましょうか。どうぞよろしくお願いします」

「……ううん、私はもう——」

「ダメよ」

ゆかりが笑顔のまま、だけど、ずばりと言い切った。「約束したでしょう」

「会話がどんな方向に転ぼうと、その後でインタビューはやる。これは仕事なんだから、投げ出さずに最後まで記事にする」

「でも、いくらなんだって」

これではいじめではないか、と咄嗟に言葉にして思い、そして、早穂は凍りついた。

気がついた。

そうだ。これは、いじめだ。

人を人とも思わず、存在を軽んじられているのは、私の方だ。

「きちんとやって。プロなんでしょう？」

ゆかりが言う。

「レコーダー、回さなくていいの？」

「あ……」

言われて初めて、そういえばこれまでの会話は一切、録音していなかったことに気がついた。iPhoneを取り出し、急いで録音準備をする指が震えた。焦って操作をミスして、なかなか、設定ができない。

「それと、あなたが送ってきた企画書」

肩が過剰なほどにビクついて動く。ゆかりの目が、そばで控える『PARADE』の編集長を見た。そのまま彼女と頷き合う。

「添付データが重すぎて、最初削除されたんですって。通常やりとりする文書の域を超えたものだから、うちの担当も、『あれじゃや、最初の依頼の段階から、添付を開くまでがまず手間がかかるので、他の方に依頼をするときにもなかなかうまくいかないんじゃないでしょうか』って心配していたわ。とても、プロの仕事と思えないって」

顔が、かっとなる。

お仕事ごっこ、と初っぱなに言われた屈辱が同時に甦《よみがえ》り、肩まで一気に熱くなる。

「今後の参考にしてね」とゆかりが、笑った。

「お茶が冷たくなってしまったわね。どうしましょう、珈琲《コーヒー》か何か――」

わざとらしいほどの余裕を見せながらゆかりが言って、それに「お持ちします」と、ずっと黙っていた広報の女性が立ち上がった。「あら、ありがとう」とゆかりが礼を言う。それから、早穂に聞いた。

「早穂ちゃんも珈琲でいいかしら」

「……はい」

さっきまで、『あなた』とずっと呼ばれ続けてきたのが、ここぞとばかりに呼び名を変える。「本当に懐かしいわ」と彼女がいまさらのように微笑んだ。

早穂の手は、まだ震えていた。

指先から、腕まで全部。細かく。屈辱から立ち直れない。正直、飲み物なんてどうでもよかった。頼んでしまったことで、まだここに座り続けなければいけないのだと、泣きたい気持ちになってくる。

「質問してちょうだい。なんでも答えるわ」

「……では」

声がぶれる。自分が泣き出さないことを、奇跡のように感じた。

「……日比野さんは、塾を」

塾、と話す時、自分が昔通っていた学習塾を思い出した。髪を何度もかき上げる物真似、合わせてはしゃぐ塾講師。そんなことが、本当にあった気がする。その話をまた、ゆかりが今にも蒸し返す気がする。あんなふうな塾にはしないようにしたいと思っているとか、なんとか、こじつけて。

早穂は重たい唾《つば》を呑み込んだ。

「どうして、学習塾を、お始めに」

「そうですね、たとえば」

ゆかりの瞳《ひとみ》が、生き生きと輝いた。さっきまでとは別人のように弾《はず》んだ声で言う。

責任を持って記事にしてください、と言われた約束が、耳の奥でこだまして、だけど、声の内容が半分も入ってこない。

語られる、清潔で誰も傷つけない、きれいな理念の話には、まったく血が通って感じられなかった。

「たとえば、『いじめ』という問題がありますけど」

と彼女が話し始めた時だけ、また再び、早穂は身構えた。けれど、早穂をちらりと一瞥《いちべつ》したきり、ゆかりの瞳は宙を見た。

「あれだって、当事者たちは、自分たちの身近にある問題ひとつひとつを『いじめ』だなんてとらえていないと思います。事例それぞれに事情が違い、メディアで紹介されているものとはここが違う、あそこが違うから、自分たちのこれは『いじめ』ではない、と思っているはずで、その意味では、メディアが言葉を作ってしまったことの罪深さを感じます。これは、『いじめ』をしている側はもちろんのこと、『いじめ』をされている側にとってもそうですね」

ゆかりの目が、再び、射貫《いぬ》くように早穂を見た。

「――自分がされていることが『いじめ』だなんて思われたくない、という気持ちがどうしてもあるから、『いじめ』を自覚してしまった途端、その屈辱に耐えられなくなる。親にも言えない。そういうことは、あると思います」

インタビューの最後あたりで、部屋がノックされた。

来訪者を機に、気まずいこの時間に終止符が打たれるものかと期待して顔をドアの方向に向けると、そこに、小学校中学年くらいの子どもが立っていた。

一目見て、目が釘付けになる。男の子だけど、美しい子だった。ひょろりとした体躯に、長い足。きめ細かな白い肌。真っ黒い髪が艶やかに厚い前髪を作っている。鼻筋が通っていた。二重の目と薄い唇が、顔立ち全体を整って見せていた。

「ああ」と、ゆかりがそちらを見た。

生徒だろうか、と思っていると、彼がゆかりに向けて言った。「おかあさん」と。

息子がいる、と確か何かで読んだことがあった。

けれど、こんな男の子だとは想像していなかった。

「ごめん。ユタカ。この間話したでしょう。今日、例の同級生のインタビューなの」

例の、という言葉を聞いて、全身が石のように固まる。

彼女の美しい息子の顔に、え、と不快感を露わにしたような眉根の皺《しわ》が刻み込まれ、彼がその表情のまま早穂を見た。彼が、自分の顔を「へえ、この人が」と声ならぬ声とともに見たのがわかった。

長い、凝視だった。

耐えられずに思わず視線を外すと、彼はそのまま「わかった。じゃあ、また後で」と塾長室のドアを閉めた。

人と人との付き合い、という言葉を、今日ことさらゆかりが強調していたのが、いまさら、こたえた。

彼女との人と人との付き合いを放棄した早穂は、彼女の家族を紹介されるような機会もなければ、自分の家族を彼女に会わせることもない。

早穂が夫や同僚とともにゆかりを笑ってきたのと同じくらい、おそらく、彼女の世界でも、自分は笑われてきたに違いないのだ。

7

インタビューを終え、宿泊するホテルにチェックインしたところで、早穂は部屋のベッドに倒れ込んだ。

目の奥が痛い。

何日も眠っていない時みたいに、目を閉じてもまだ瞼《まぶた》の奥が白んでいる。

ゆかりのビルを出てから、自分がどうやってホテルへ辿《たど》り着いたのか、覚えていない。

原稿を書かなくちゃ、と頭の奥で声がする。

今、覚えているうちに書かなくちゃ、もう二度と、日比野ゆかりにはかかわりたくないけど、書かなくちゃ。

どうして会いになんて行ってしまったんだろう。猛烈な後悔に襲われながら、胃がきりきりと痛むような気までしてくる。気持ちが悪い。

部屋でそのまま原稿を書けたらいいと、自宅を出る時に持ってきてしまった鞄の中のノートパソコンが重たかった。

着信に気付いたのは、早穂がそれでもどうにか体を起こし、パソコンを開こうとした時だった。まだ〆切には間があるけど、今日のこの勢いでやってしまわなければ、逆にもう二度と彼女についての原稿なんて書ける気力が湧いてこない気がした。

着信は、『SONG』編集部からで、早穂はのろのろと折り返す。

誰か電話をくれましたか、と尋ねると、電話が編集長に替わった。

『ちょっと、何やらかしちゃったの、早穂ちゃん』と、開口一番に聞かれて、「え?」と問い返す。編集長の声は焦っていた。

『日比野ゆかりのところの広報から、さっき、記事の掲載拒否の連絡があったよ。今日の取材で大変不愉快な思いをしたから、インタビューの掲載は取りやめてほしい。湯本早穂が記事を書く限り、今後も御社からのお仕事は一切受けられませんって』

目の前では、立ち上げたパソコンが、モーター音を響かせながら、起動し始めるところだった。画面の光が、暗い部屋の中で電話をする早穂の顔にあたる。

『何やっちゃったの、早穂ちゃん。一応、僕の方から先方には謝っておいたけど』

「――すいません、編集長。今日はちょっと体調が悪いので、明日また、連絡させてください」

電話の向こうで、まだ彼が何か言いかける気配があったけど、それに構わず、早穂は携帯の電源を切った。

今日、二度目になる思いが、胸にこみ上げる。

——これは、いじめではないか。

携帯をベッドの上に放り投げ、そのまま仰向けになって横になる。パソコンがまだ起動途中の唸りをあげるそばで、早穂は肩で大きく息をする。怒るよりも、悲しむよりもまず、インタビュー原稿を書かなくてもよくなったことに対する安堵の方が何より先に立った。

そして、初めて疑問が湧いた。

彼女はどうしてここまでするのだろう、と。

今、地位も名誉もあるように見える日比野ゆかりは、なぜ、こうまで大人げない、プライドもない、弱い者いじめのような真似をするのか。彼女にそうさせるものは何なのか。

最後に現れた、あの美形の少年は、本当に彼女の息子だったのか。

あの子の前に自分を立たせてまで、ゆかりは、何がしたかったのか。

今の自分は安定している、と彼女は言っていた。早穂との思い出など、自分には何の傷ももう残さない、と。

だけど、今日、日比野ゆかりは全力で早穂を相手にしていた。全力で、大人げなく敵対しようとしていた。早穂がこんな目に遭《あ》ったということを、あちこちに吹聴《ふいちょう》すれば、立場が危うくなるのは、地位のある彼女の方なのに。

たかが、子ども時代のこと、だ。

取るに足らない、今の自分とは違う、昔のこと。

けれど、それを無視できないくらい、彼女はきっと、囚われていた。小学校時代、クラスの中で自分がどんな位置だったのか、それを考え、咀嚼し、何度も自分なりの解釈をそこに与えながら、おそらく一生、何かあるたびにあの場所に還りつづける。

暗い部屋に浮かんだ、ベッドサイドの時計を見る。

哲雄は、夫は、もう帰っている頃だろうか。声が聞きたかった。私、酷い目に遭ったよ、と話して、彼に慰めてほしかった。最近、そういえばずっと夫の帰りが遅い。あの人に限って浮気なんてしていないと思うけど、電話しても出てくれないことも多い。私は悪くない。悪いのは日比野ゆかりの方だと、彼に言ってほしいのに。

そして、おそらく、ゆかりもまた、今ごろあの美しい息子や、早穂は会うこともない彼女の夫に、同じように泣きついているのかもしれない。あの場に同席した編集者や部下とは、すでに散々、早穂のことを笑いものにした後だろう。

教室で一人だったあの頃も、教室に友達のいないあの子には、家族がいた。『いじめ』というのは屈辱的すぎて、されたことを打ち明けられない家族と、あの子は学校の外で時間を過ごしていた。

なんで、仲良くできなかったんだろう、と、あの頃の自分に対して思う。

目障りでも、許してあげればよかったのに。

屈託なく、ゆかりに連絡を取り、有名人と友達なのだと言えるような、私もそんな軽い人間の一人だったらよかったのに。

そして緩慢《かんまん》な怒りが、ようやく胸に湧いてくる。

みんな、していたのに。

みんながあの子を嫌いだったのに。私だけが、目立っていたからといって、恨まれるのは筋違いだ。クラスで一番人気があったのは、何も、私のせいじゃないのに。

早穂はゆっくりと体を起こし、立ち上がる。

煌々《こうこう》と明るいノートパソコンの電源を、静かに切った。

解説

東畑開人（臨床心理士）

密室に幽霊が出る

密室に幽霊が出る——「噛《か》みあわない会話」という幽霊である。

と、古い思想家の言葉をついついもじりたくなってしまうのは、この短編集が本質的には怪談であったからだ。そう、これはホラーだ。死者が蘇《よみがえ》り、生者を呪い殺そうとする物語なのだ。

そうはいっても、本物の幽霊が登場するわけではない。お岩さんとかキョンシーとかゾンビみたいに、医学的な意味で生命を絶たれた死者が問題になっているわけではない。

違うのだ。この本に登場するのは、心理学的な意味での死者だ。かつて深く傷ついて、非業の死を遂げた心の一部分。それが密室に立ち現れ、陰惨な復讐《ふくしゅう》を遂げようとする。

ナベちゃん、高輪《たかなわ》くん、スミちゃん、ゆかり。

四篇《ぺん》の小説の四人の主役たちはそれぞれに幽霊を抱えている。いや、違う。この四人だけじゃない。よくよく見るならば、彼らを取り巻く登場人物たちも皆、大なり小なり幽霊を抱えている。

いやいや、それだけじゃない。幽霊は私やあなたの中にもいるはずだ。

私にはわかる。見えますよ。

というと、霊能者や宗教家みたいだが、そうではない。ただの心理士だ。だけど、私は密室でクライエントと二人きりになって、幽霊を呼び出す仕事をしている。幽霊と噛みあわない会話を交わし、取っ組み合いをする仕事をしている。

いやいやいや、少し先走りすぎたかもしれない。これじゃなんのことだかわからない。丁寧に説明する必要がある。

幽霊とは一体何か。なぜ密室に幽霊が出るのか。幽霊たちは何をしようとしているのか。辻村深月の描いたこの怪談を通して、心がいかにして非業の死を遂げて、そしていかにして再生しようとするのかを、心理士——幽霊の専門家として、解説してみようと思う。

幽霊が生まれるところ

幽霊はいかにして生まれるのか。ここから始めよう。

たとえば、「ママ・はは」の主役スミちゃんのことを思い出してほしい。

スミちゃんの母は独りよがりだ。彼女には子育てについての固い信念があるのだが、それはスミちゃんと嚙みあっていない。家族旅行に行っても、スーパーでお弁当やお惣菜《そうざい》を買って、ホテルの部屋で食べることを強いる。あるいは買ってもらって心底嬉しかった振袖《ふりそで》をよくわからない理由でクーリングオフしてしまう。

スミちゃんが求めていたもの、必要としていたもの、そしてあってしかるべきだったものを、母親は与えてくれない。母親はスミちゃんの心に思いを馳《は》せることができず、自分の心ばかりを優先する。

痛ましい過去だ。スミちゃんは傷ついたはずだ。だけど、幽霊が生まれるのは、この傷つきそのものによって、ではない。その次の段階こそが問題だ。

なぜなら「せっかくの旅行なのに、お惣菜食べるのなんかイヤだ」と彼女が泣き、母が「気づいてあげられなくて、ごめんね」と応えてくれたなら、スミちゃんの心は修復されたかもしれないからだ。

どんなに近しい間柄であっても、心は別々なのだから、噛みあわないことはたくさん起こる。だからこそ、噛みあっていないことを訴えたり訴えられたりしながら、噛みあわせを調整していくのが人間関係というものだ。

しかし、そういうことは起こりえない、とスミちゃんは絶望する。母親には噛みあわせを調整する気や能力がなく、かつ絶対的な権力を有している。自分を傷つけたことを、母親は絶対にわかってくれない。だから、スミちゃんは「なんでわかってくれないの？」とは言えない。それはわかってくれる可能性がない人に対しては発することができない言葉なのだ。

幽霊が生まれるのはここだ。相手が変化することを期待できないならば、自分を変化させるしかない。やり方はシンプルだ。傷ついている自分を消してしまえばいい。「こういう人なのだ」「どうしようもないのだ」と思って、心を殺す。すると、心は非業の死を遂げる。

スミちゃんの心に起こったのはこれだし、あなたの人生にもそういうことがあったかもしれない。いずれにせよ、このようにして噛みあわなかった過去は凍結され、私たちはその後の人生、幽霊を抱えて生きざるをえなくなる。

幽霊を抱えて生きる

辻村深月の小説を読んでいて、いつも素晴らしいと思うのは、幽霊を抱えて生きる人たちの苦しさや切なさが見事に描かれているところだ。初期の作品から一貫して、傷ついているけど、傷ついていないように見せかけることで、周りを傷つけてしまい、孤独になってしまう人物を、彼女は描いてきた。

たとえば、本書でいうと、「ナベちゃんのヨメ」のナベちゃん。この小説で彼は見苦しい。婚約者を最優先するがあまりに、古い友人に非礼を働き、不快な思いをさせる。すると、彼は笑いものにされてしまい、孤独になってしまう。

幽霊の仕業だ。嚙みあわなかった過去——男性として見てもらえないままに都合よく利用されてきた過去。これがナベちゃんを突き動かしているから、古い友人たちと嚙みあわない会話をせざるをえなくなる。

カウンセリングルームでは、そういう幽霊たちの物語が話し合われる。もしナベちゃんがクライエントだったら、学生時代にいかにみじめな思いをしてきたのか、古い友人たちがいかに卑怯《ひきょう》であったか、どれだけ恋人が欲しかったのかが語られるはずだ。

　それはなかったことにされてきた傷つきに、光を当て、居場所を作る作業だ。これが心の中を徘徊《はいかい》していた幽霊への弔《とむら》いになる。かつてこんな噛みあわなかった会話があった。そう語り、理解を得ることで、心は傷つきを修復していく。

　しかし、実を言えば、それだけでは済まないことも多い。密室で幽霊について話し合っていると、かつての痛みが蘇り、かつて言えなかった言葉が声になろうとする。凍結されていた過去が解凍され、幽霊が息を吹き返す。

　そう、密室に幽霊が出る。密室では時空がゆがむ。そこには他に誰もいないから、容易に過去と現在が、記憶と現実が入り混じる。

噛みつく

「パッとしない子」と「早穂とゆかり」の密室シーンを思い出してほしい。

　さわやかな国民的アイドル高輪佑くんが、密室では豹変《ひょうへん》し、かつて通った小学校の教師美穂を徹底的に痛めつける。メディアで活躍するカリスマ経営者ゆかりが、サディストに変貌し、かつての同級生早穂を八つ裂きにする。

幽霊だ。二人の影から幽霊が出る。過去の薄暗いところから、幽霊が這《は》い出《で》てきて、嚙みつく。嚙み千切る。

ここが、辻村深月が語る怪談のハイライトだ。

幽霊たちの攻撃は苛烈だ。かつて美穂と早穂がなしたことについて、いかに下劣で、醜いものであったかを告発し、断罪する。彼女たちにも言い分があるのだが、幽霊はそれを許さない。そういう言い分があることそのものが、彼女たちの醜さであり、悪であるのだと畳みかける。そうやって美穂と早穂は無力化され、魂の深いところを破壊されてしまう。

痛ましい惨劇だ。読んでいて、胃が痛くなり、肝が冷える。そこには過剰なものがある。美穂や早穂にも確かに悪い部分はあったのだけど、それ以上の何か——おそらく高輪くんやゆかりがほかのすべての人から受けてきた痛み——が幽霊たちの攻撃には付け加わっている。だからこそ、彼らは全身全霊で破壊をなす。

同じことがカウンセリングでも起こる。

カウンセリングというと、優しいカウンセラーが「うん、うん」と耳を傾けている平和なイメージがあるかもしれないが、全然違う。

幽霊について話し合いを重ねる中で、ある日突然、クライエントの影から幽霊が現れる。すると、密室の空気は一変する。彼の、彼女の、表情や口調はこれまでと違っていて、憎悪の嵐が巻き起こる。

「あなたのあのときの態度は一体なんなの？」「あの言葉はおかしい！」「お前にどれだけ我慢してきたのかわかってるのか？」「先生のせいで、私は傷ついた。前よりも悪くなってる！」

生き残ること

かつて嚙みあわない会話があり、幽霊が生まれた。そして、今や幽霊が蘇り、目の前の他者と嚙みあわない会話を繰り広げている。

しかし、忘れてはならないのは、これが単なる復讐劇ではないことだ。確かに高輪くんもゆかりも、そのときは憎しみで心をたぎらせている。ついにこの時が来たとばかりに、報復に夢中になっている。

だけど、本当のところ、ここには切ない思いもある。幽霊は痛みを伝えようとしているからだ。美穂と早穂が味わっているのは、高輪くんとゆかりのかつての痛みに他ならない。カウンセリングで私が味わっているのも、クライエントのかつての痛みに他ならない。

だとすると、その嚙みつきには、希望が含まれている。かつて言葉にすることができないままに殺してしまわなくてはならなかった「なんでわかってくれないの？」という叫びが姿を変えて現れているのだ。

憎しみは、意外なほど規則的に愛に同行している。（「自我とエス」より）

精神分析家のフロイトが言った通りだ。憎悪の奥には愛があり、復讐の根源には希望がある。

実際、高輪くんのどこかに「わかってくれるかもしれない」という希望があったからこそ、彼は美穂に嚙みつこうと思ったのではないか。早穂ならば「わかってくれるかもしれない」と思ったからこそ、ゆかりは彼女を密室に招待したのではなかったか。

辻村深月はきちんとヒントをくれている。美穂はかつて「黒い入場門」をめぐって高輪くんのことを助けたし（ここは小説的には意見が分かれるところだが、幽霊の専門家的にはそういうことが「あった」と言いたい）、早穂もまた学級委員選挙で過呼吸寸前のゆかりの背中をさすった。

カウンセリングだって同じだ。幽霊について話し合いを重ねる時間の中で、クライエントの心に小さいものではあっても、幾ばくかの希望が生まれたからこそ、幽霊を密室に持ち込むような危険なことをなす気になったはずなのだ。

だから、その報復は止まった時間を再び動かすためになされている。幽霊が出るのは、再生するためだ。

高輪くんも、ゆかりも、壊すために壊しているのではない。修復するために壊している。幽霊は噛みあうために噛みついている。

だから、生者がなすべきことは、生き残ることだ。破壊されて、今度は自分が幽霊になってしまうのではなく、それでも心を失わないこと。本書で言えば、「ナベちゃんのヨメ」の「私」のように、その噛みつきの裏にナベちゃんの切ない思いを想像しようとし続けること。カウンセリングで言うならば、痛ましい会話があったとしても、それでも次の週にもう一度会って、話し合いを続けること。生者にはそういう責任がある。

私の心にも、あなたの心にも、幽霊が棲《す》んでいるはずだ。それだけではなく、私やあなたがかつて関わってきた誰かの心にもそういう幽霊が棲んでいるはずだ。

だから、こうして辻村深月の怪談を読んで、幽霊の蠢《うごめ》きを感じることには価値がある。その時間が、普段はなかったことにしている心が確かに存在していることに、思いを至らせてくれる。そして、そこにある怒りや憎しみに、愛や希望も入り混じっていることを思い出させてくれる。

密室に幽霊が出る——「噛みあわない会話」という幽霊である。

ただし、この噛みあわない会話は、噛みあわせを調整するためになされる。

幽霊の専門家として、そう思うのだ。

本書は二〇一八年六月に小社より刊行されました。

|著者|辻村深月　1980年2月29日生まれ。山梨県出身。千葉大学教育学部卒業。2004年に『冷たい校舎の時は止まる』で第31回メフィスト賞を受賞しデビュー。『ツナグ』で第32回吉川英治文学新人賞、『鍵のない夢を見る』で第147回直木三十五賞を受賞。2018年には、『かがみの孤城』が第15回本屋大賞で第1位に選ばれた。その他の著作に、『ぼくのメジャースプーン』『スロウハイツの神様』『ハケンアニメ！』『朝が来る』『傲慢と善良』『琥珀の夏』などがある。

噛《か》みあわない会話《かいわ》と、ある過去《かこ》について

辻村深月《つじむらみづき》

2021年10月15日第1刷発行
2024年3月15日第8刷発行

発行者――森田浩章
発行所――株式会社　講談社
東京都文京区音羽2-12-21　〒112-8001
電話　出版（03）5395-3510
　　　販売（03）5395-5817
　　　業務（03）5395-3615

Printed in Japan

講談社文庫
定価はカバーに
表示してあります

KODANSHA

デザイン―菊地信義
本文データ制作―講談社デジタル製作
印刷―――株式会社KPSプロダクツ
製本―――株式会社国宝社

ISBN978-4-06-525891-0

講談社文庫刊行の辞

二十一世紀の到来を目睫に望みながら、われわれはいま、人類史上かつて例を見ない巨大な転換期をむかえようとしている。

世界も、日本も、激動の予兆に対する期待とおののきを内に蔵して、未知の時代に歩み入ろうとしている。このときにあたり、創業の人野間清治の「ナショナル・エデュケイター」への志を現代に甦らせようと意図して、われわれはここに古今の文芸作品はいうまでもなく、ひろく人文・社会・自然の諸科学から東西の名著を網羅する、新しい綜合文庫の発刊を決意した。

激動の転換期はまた断絶の時代である。われわれは戦後二十五年間の出版文化のありかたへの深い反省をこめて、この断絶の時代にあえて人間的な持続を求めようとする。いたずらに浮薄な商業主義のあだ花を追い求めることなく、長期にわたって良書に生命をあたえようとつとめるところにしか、今後の出版文化の真の繁栄はあり得ないと信じるからである。

同時にわれわれはこの綜合文庫の刊行を通じて、人文・社会・自然の諸科学が、結局人間の学にほかならないことを立証しようと願っている。かつて知識とは、「汝自身を知る」ことにつきていた。現代社会の瑣末な情報の氾濫のなかから、力強い知識の源泉を掘り起し、技術文明のただなかに、生きた人間の姿を復活させること。それこそわれわれの切なる希求である。

われわれは権威に盲従せず、俗流に媚びることなく、渾然一体となって日本の「草の根」をかたちづくる若く新しい世代の人々に、心をこめてこの新しい綜合文庫をおくり届けたい。それは知識の泉であるとともに感受性のふるさとであり、もっとも有機的に組織され、社会に開かれた万人のための大学をめざしている。大方の支援と協力を衷心より切望してやまない。

一九七一年七月

野間省一

瀧本哲史　僕は君たちに武器を配りたい〈エッセンシャル版〉
竹吉優輔　襲　名　犯
高田大介　図書館の魔女　第一巻
高田大介　図書館の魔女　第二巻
高田大介　図書館の魔女　第三巻
高田大介　図書館の魔女　第四巻
高田大介　図書館の魔女　烏《からす》の伝言《つてこと》(上)(下)
大門剛明　完　全　無　罪
大門剛明　死　刑　評　決〈「完全無罪」シリーズ〉
橘　もも 著　沖田×華 原作　安達奈緒子 脚本　小説 透明なゆりかご(上)(下)
橘　もも 著　ヤマシタトモコ 原作　相沢友子 脚本　さんかく窓の外側は夜〈映画版ノベライズ〉
橘　もも　三木　聡 脚本　大怪獣のあとしまつ〈映画ノベライズ〉
滝口悠生　高　架　線
髙山文彦　ふ　た　り〈皇后美智子と石牟礼道子〉
高橋弘希　日曜日の人々
武田綾乃　青い春を数えて
武田綾乃　愛されなくても別に
谷口雅美　殿、恐れながらブラックでござる
谷口雅美　殿、恐れながらリモートでござる
武川佑　虎　の　牙
武内　涼　謀聖　尼子経久伝〈青雲の章〉
武内　涼　謀聖　尼子経久伝〈風雲の章〉
武内　涼　謀聖　尼子経久伝〈瑞雲の章〉
武内　涼　謀聖　尼子経久伝〈雷雲の章〉
立松和平　すらすら読める奥の細道
高梨ゆき子　大学病院の奈落
珠川こおり　檸　檬　先　生
陳　舜臣　中国五千年(上)(下)
陳　舜臣　中国の歴史　全七冊
陳　舜臣　小説十八史略　全六冊
千早　茜　森　の　家
千野隆司　大　店　の　暖簾《のれん》〈下り酒一番〉
千野隆司　分　家　の　始　末〈下り酒一番㈡〉
千野隆司　献　上　の　祝　酒〈下り酒一番㈢〉
千野隆司　大《おお》酒《ざけ》の　合　戦〈下り酒一番㈣〉
千野隆司　銘　酒　の　真　贋〈下り酒一番㈤〉
千野隆司　追　跡
知《ち》野《の》みさき　江　戸　は　浅　草
知野みさき　江　戸　は　浅　草 2〈盗人探し〉
知野みさき　江　戸　は　浅　草 3〈桃と桜〉
知野みさき　江　戸　は　浅　草 4〈冬青《そよご》灯籠《どうろう》〉
知野みさき　江　戸　は　浅　草 5〈春の捕物〉
崔《チェ》　実《シル》　ジニのパズル
崔　　実　pray《プレイ》 human《ヒューマン》
筒井康隆　創作の極意と掟
筒井康隆　読書の極意と掟
筒井康隆 ほか12名　名探偵登場！
都筑道夫　なめくじに聞いてみろ〈新装版〉
辻村深月　冷たい校舎の時は止まる(上)(下)
辻村深月　子どもたちは夜と遊ぶ(上)(下)
辻村深月　凍　り　の　く　じ　ら
辻村深月　ぼくのメジャースプーン
辻村深月　スロウハイツの神様(上)(下)
辻村深月　名前探しの放課後(上)(下)
辻村深月　ロードムービー
辻村深月　ゼロ、ハチ、ゼロ、ナナ。
辻村深月　V.　T.　R.
辻村深月　光待つ場所へ
辻村深月　ネオカル日和

辻村深月 島はぼくらと
辻村深月 家族シアター
辻村深月 図書室で暮らしたい
辻村深月 噛みあわない会話と、ある過去について
新川直司 漫画 辻村深月 原作 コミック 冷たい校舎の時は止まる(上)(下)
津村記久子 ポトスライムの舟
津村記久子 カソウスキの行方
津村記久子 やりたいことは二度寝だけ
津村記久子 二度寝とは、遠くにありて想うもの
恒川光太郎 竜が最後に帰る場所
月村了衛 神《み》子《こ》上《がみ》典《てん》膳《ぜん》
月村了衛 悪の五輪
辻堂 魁《かい》 落暉《ゆうひ》に燃ゆる〈大岡裁き再吟味〉
辻堂 魁 山桜花〈大岡裁き再吟味〉
フランソワ・デュボワ 太極拳が教えてくれた人生の宝物〈中国・武当山90日間修行の記〉
手塚マキと歌舞伎町ホスト80人 from Smappa! Group ホスト万葉集〈文庫スペシャル〉
土居良一 海翁伝
鳥羽 亮 金貸し権兵衛〈鶴亀横丁の風来坊〉
鳥羽 亮 提《ちょう》灯《ちん》斬り〈鶴亀横丁の風来坊〉

鳥羽 亮 お京危うし〈鶴亀横丁の風来坊〉
鳥羽 亮 狙われた横丁〈鶴亀横丁の風来坊〉
東郷 隆 上田信 絵 【絵解き】雑兵足軽たちの戦い〈歴史・時代小説ファン必携〉
堂場瞬一 八月からの手紙
堂場瞬一 壊れる心〈警視庁犯罪被害者支援課〉
堂場瞬一 邪心〈警視庁犯罪被害者支援課2〉
堂場瞬一 二度泣いた少女〈警視庁犯罪被害者支援課3〉
堂場瞬一 身代わりの空(上)(下)〈警視庁犯罪被害者支援課4〉
堂場瞬一 影の守護者〈警視庁犯罪被害者支援課5〉
堂場瞬一 不信の鎖〈警視庁犯罪被害者支援課6〉
堂場瞬一 空白の家族〈警視庁犯罪被害者支援課7〉
堂場瞬一 チェンジ〈警視庁犯罪被害者支援課8〉
堂場瞬一 誤《あやま》ちの絆〈警視庁総合支援課〉
堂場瞬一 最後の光〈警視庁総合支援課2〉
堂場瞬一 傷
堂場瞬一 埋れた牙
堂場瞬一 Killers(上)(下)
堂場瞬一 虹のふもと
堂場瞬一 ネタ元

堂場瞬一 ピットフォール
堂場瞬一 ラットトラップ
堂場瞬一 焦土の刑事
堂場瞬一 動乱の刑事
堂場瞬一 沃野の刑事
土橋章宏 超高速！参勤交代
土橋章宏 超高速！参勤交代 リターンズ
戸谷洋志 Jポップで考える哲学〈自分を問い直すための15曲〉
富樫倫太郎 信長の二十四時間
富樫倫太郎 スカーフェイス〈警視庁特別捜査第三係・淵神律子〉
富樫倫太郎 スカーフェイスII デッドリミット〈警視庁特別捜査第三係・淵神律子〉
富樫倫太郎 スカーフェイスIII ブラッドライン〈警視庁特別捜査第三係・淵神律子〉
富樫倫太郎 スカーフェイスIV デストラップ〈警視庁特別捜査第三係・淵神律子〉
豊田 巧 警視庁鉄道捜査班〈鉄血の警視〉
豊田 巧 警視庁鉄道捜査班〈鉄路の牢獄〉
砥《と》上《がみ》裕《ひろ》將《まさ》 線は、僕を描《えが》く
夏樹静子 新装版 二人の夫をもつ女
中井英夫 新装版 虚無への供物(上)(下)
中村敦夫 狙われた羊

講談社文庫　目録

畑村洋太郎　失敗学のすすめ
畑村洋太郎　失敗学実践講義〈文庫増補版〉
はやみねかおる　都会《まち》のトム&ソーヤ(1)
はやみねかおる　都会《まち》のトム&ソーヤ(2)〈乱！　RUN！　ラン！〉
はやみねかおる　都会《まち》のトム&ソーヤ(3)〈いつになったら作戦《ミッション》終了？〉
はやみねかおる　都会《まち》のトム&ソーヤ(4)〈四重奏《カルテット》〉
はやみねかおる　都会《まち》のトム&ソーヤ(5)〈IN《イン》塀戸《VADE》〉(上)(下)
はやみねかおる　都会《まち》のトム&ソーヤ(6)〈ぼくの家へおいで〉
はやみねかおる　都会《まち》のトム&ソーヤ(7)《怪人は夢に舞う〈理論編〉》
はやみねかおる　都会《まち》のトム&ソーヤ(8)《怪人は夢に舞う〈実践編〉》
はやみねかおる　都会《まち》のトム&ソーヤ(9)〈前夜祭《EVE》　内人《ないと》side〉
はやみねかおる　都会《まち》のトム&ソーヤ(10)〈前夜祭《EVE》　創也《そうや》side〉
原　武史　滝山コミューン一九七四
濱　嘉之　警視庁情報官〈シークレット・オフィサー〉
濱　嘉之　警視庁情報官　ハニートラップ
濱　嘉之　警視庁情報官　トリックスター
濱　嘉之　警視庁情報官　ブラックドナー
濱　嘉之　警視庁情報官　サイバージハード
濱　嘉之　警視庁情報官　ゴーストマネー

濱　嘉之　警視庁情報官　ノースブリザード
濱　嘉之　ヒトイチ　警視庁人事一課監察係
濱　嘉之　ヒトイチ　画像解析〈警視庁人事一課監察係〉
濱　嘉之　ヒトイチ　内部告発〈警視庁人事一課監察係〉
濱　嘉之　新装版　院内刑事《デカ》
濱　嘉之　新装版　院内刑事〈ブラック・メディスン〉
濱　嘉之　院内刑事〈フェイク・レセプト〉
濱　嘉之　院内刑事　ザ・パンデミック
濱　嘉之　院内刑事　シャドウ・ペイシェンツ
濱　嘉之　プライド　警官の宿命
馳　星周　ラフ・アンド・タフ
畠中　恵　アイスクリン強し
畠中　恵　若様組まいる
畠中　恵　若様とロマン
葉室　麟　風渡る
葉室　麟　風の軍師〈黒田官兵衛〉
葉室　麟　星火瞬く
葉室　麟　陽炎《かげろう》の門
葉室　麟　紫匂う

葉室　麟　山月庵茶会記
葉室　麟　津軽双花
長谷川　卓　嶽《がく》神《じん》〈上・白銀《しろがね》渡り〉〈下・湖底の黄金〉
長谷川　卓　嶽神伝《がくじんでん》　鬼哭《きこく》(上)(下)
長谷川　卓　嶽神列伝　逆渡り《さかわたり》
長谷川　卓　嶽《がく》神《じん》伝《でん》　血路
長谷川　卓　嶽《がく》神《じん》伝《でん》　死地
長谷川　卓　嶽神伝　風花(上)(下)
原田マハ　夏を喪くす
原田マハ　風のマジム
原田マハ　あなたは、誰かの大切な人
畑野智美　海の見える街
畑野智美　南部芸能事務所 season5　コンビ
早見和真　東京ドーン
はあちゅう　半径5メートルの野望
はあちゅう　通りすがりのあなた
早坂　吝《やぶさか》　○○○○○○○○殺人事件
早坂　吝　虹の歯ブラシ〈上木《かみき》らいち発散〉
早坂　吝　誰も僕を裁けない

講談社文庫　目録

東野圭吾 祈りの幕が下りる時
東野圭吾 危険なビーナス
東野圭吾 時《トキ》生《オ》〈新装版〉
東野圭吾 希望の糸
東野圭吾 どちらかが彼女を殺した〈新装版〉
東野圭吾 私が彼を殺した〈新装版〉
東野圭吾作家生活25周年祭り実行委員会 東野圭吾公式ガイド〈読者1万人が選んだ東野作品人気ランキング発表〉
東野圭吾作家生活35周年実行委員会 編 東野圭吾公式ガイド〈作家生活35周年ver.〉
平野啓一郎 高瀬川
平野啓一郎 ドーン
平野啓一郎 空白を満たしなさい(上)(下)
百田尚樹 永遠の0《ゼロ》
百田尚樹 輝く夜
百田尚樹 風の中のマリア
百田尚樹 影法師
百田尚樹 ボックス!(上)(下)
百田尚樹 海賊とよばれた男(上)(下)
平田オリザ 幕が上がる
東直子 さようなら窓

蛭田亜紗子 凜
樋口卓治 ボクの妻と結婚してください。
樋口卓治 続・ボクの妻と結婚してください。
樋口卓治 喋る男
平山夢明 〈大江戸怪談どたんばたん(土壇場譚)〉魂《たま》豆《どう》腐《ふ》
平山夢明 宇佐美まこと ほか 超怖い物件
東川篤哉 純喫茶「一服堂」の四季
東山彰良 流《りゅう》
東山彰良 女の子のことばかり考えていたら、1年が経っていた。
平田研也 小さな恋のうた
日野草 ウエディング・マン
平岡陽明 僕が死ぬまでにしたいこと
ビートたけし 浅草キッド
ひろさちや すらすら読める歎異抄《たんにしょう》
藤沢周平 新装版 春秋の檻〈獄医立花登手控え(一)〉
藤沢周平 新装版 風雪の檻〈獄医立花登手控え(二)〉
藤沢周平 新装版 愛憎の檻〈獄医立花登手控え(三)〉
藤沢周平 新装版 人間の檻〈獄医立花登手控え(四)〉
藤沢周平 新装版 闇の歯車

藤沢周平 新装版 市塵(上)(下)
藤沢周平 新装版 決闘の辻
藤沢周平 新装版 雪明かり
藤沢周平 義民が駆ける〈レジェンド歴史時代小説〉
藤沢周平 喜多川歌麿女絵草紙
藤沢周平 闇の梯子
藤沢周平 長門守の陰謀
古井由吉 この道
藤田宜永 樹下の想い
藤田宜永 女系の総督
藤田宜永 女系の教科書
藤田宜永 血の弔旗
藤田宜永 大雪物語
藤水名子 紅嵐記(上)(中)(下)
藤原伊織 テロリストのパラソル
藤本ひとみ 新・三銃士 少年編・青年編〈ダルタニャンとミラディ〉
藤本ひとみ 皇妃エリザベート
藤本ひとみ 失楽園のイヴ
藤本ひとみ 密室を開ける手

藤本ひとみ 数学者の夏
福井晴敏 亡国のイージス(上)(下)
福井晴敏 終戦のローレライ Ⅰ～Ⅳ
藤原緋沙子 遠花火〈見届け人秋月伊織事件帖〉
藤原緋沙子 春《はる》疾風《はやて》〈見届け人秋月伊織事件帖〉
藤原緋沙子 暖《ぬくめ》鳥《どり》〈見届け人秋月伊織事件帖〉
藤原緋沙子 霧の路《みち》〈見届け人秋月伊織事件帖〉
藤原緋沙子 鳴《なる》子《こ》守《もり》〈見届け人秋月伊織事件帖〉
藤原緋沙子 夏ほたる〈見届け人秋月伊織事件帖〉
藤原緋沙子 笛吹川〈見届け人秋月伊織事件帖〉
藤原緋沙子 青《せい》嵐《らん》〈見届け人秋月伊織事件帖〉
椹野道流 亡羊の嘆〈鬼籍通覧〉
椹野道流 新装版 暁天の星〈鬼籍通覧〉
椹野道流 新装版 無《む》明《みょう》の闇〈鬼籍通覧〉
椹野道流 新装版 壺《こ》中《ちゅう》の天〈鬼籍通覧〉
椹野道流 新装版 隻《せき》手《しゅ》の声〈鬼籍通覧〉
椹野道流 新装版 禅《ぜん》定《じょう》の弓〈鬼籍通覧〉
椹野道流 池《ち》魚《ぎょ》の殃《わざわい》〈鬼籍通覧〉
椹野道流 南《なん》柯《か》の夢〈鬼籍通覧〉

深水黎一郎 ミステリー・アリーナ
深水黎一郎 マルチエンディング・ミステリー
藤谷治 花や今宵の
古市憲寿 働き方は「自分」で決める
船瀬俊介 かんたん「1日1食」!!〈万病が治る! 20歳若返る!〉
藤野可織 ピエタとトランジ
古野まほろ 身元不明《ジェーンドウ》〈特殊殺人対策官 箱崎ひかり〉
古野まほろ 陰陽少女
古野まほろ 陰陽少女〈妖《よう》刀《とう》村《むら》正《まさ》殺人事件〉
古野まほろ 禁じられたジュリエット
藤崎翔 時間を止めてみたんだが
藤井邦夫 大江戸閻《えん》魔《ま》帳《ちょう》
藤井邦夫 三つの顔〈大江戸閻魔帳㈡〉
藤井邦夫 渡世人〈大江戸閻魔帳㈢〉
藤井邦夫 笑う女〈大江戸閻魔帳㈣〉
藤井邦夫 罰《ばち》当《あた》り〈大江戸閻魔帳㈤〉
藤井邦夫 福の神〈大江戸閻魔帳㈥〉
藤井邦夫 野暮天〈大江戸閻魔帳㈦〉
藤井邦夫 仇《あだ》討《う》ち異聞〈大江戸閻魔帳㈧〉

福澤徹三 糸《し》柳《やなぎ》寿《とし》昭《あき》 忌《い》み地〈怪談社奇聞録〉
福澤徹三 糸柳寿昭 忌み地 弐〈怪談社奇聞録〉
福澤徹三 糸柳寿昭 忌み地 惨〈怪談社奇聞録〉
福澤徹三 糸柳寿昭 忌み地 屍《し》〈怪談社奇聞録〉
福澤徹三 作家ごはん
藤井太洋 ハロー・ワールド
藤野嘉子 60歳からは「小さくする」暮らし〈生き方がラクになる〉
富良野馨《かおる》 この季節が嘘だとしても
藤井聡太 山中伸弥 前人未到
藤井聡太 丹羽宇一郎 考えて、考えて、考える
辺見庸 抵抗論
星新一 エヌ氏の遊園地
星新一編 ショートショートの広場①～⑨
本田靖春 不当逮捕
保阪正康 昭和史 七つの謎
堀江敏幸 熊の敷石
本格ミステリ作家クラブ編 ベスト本格ミステリ TOP5〈短編傑作選002〉
本格ミステリ作家クラブ編 ベスト本格ミステリ TOP5〈短編傑作選003〉
本格ミステリ作家クラブ編 ベスト本格ミステリ TOP5〈短編傑作選004〉

本格ミステリ作家クラブ選・編 本格王2019
本格ミステリ作家クラブ選・編 本格王2020
本格ミステリ作家クラブ選・編 本格王2021
本格ミステリ作家クラブ選・編 本格王2022
本格ミステリ作家クラブ選・編 本格王2023
本多孝好 君の隣に
本多孝好 チェーン・ポイズン〈新装版〉
穂村弘 整形前夜
穂村弘 ぼくの短歌ノート
穂村弘 野良猫を尊敬した日
堀川アサコ 幻想郵便局
堀川アサコ 幻想映画館
堀川アサコ 幻想日記店
堀川アサコ 幻想探偵社
堀川アサコ 幻想温泉郷
堀川アサコ 幻想短編集
堀川アサコ 幻想寝台車
堀川アサコ 幻想蒸気船
堀川アサコ 幻想商店街
堀川アサコ 幻想遊園地
堀川アサコ 魔法使ひ
堀川アサコ メゲるときも、すこやかなるときも
本城雅人 境界〈横浜中華街・潜伏捜査〉
本城雅人 スカウト・デイズ
本城雅人 スカウト・バトル
本城雅人 嗤うエース
本城雅人 贅沢のススメ
本城雅人 誉れ高き勇敢なブルーよ
本城雅人 シューメーカーの足音
本城雅人 ミッドナイト・ジャーナル
本城雅人 紙の城
本城雅人 監督の問題
本城雅人 去り際のアーチ〈もう一打席！〉
本城雅人 時代
本城雅人 オールドタイムズ
堀川惠子 裁かれた命〈死刑囚から届いた手紙〉
堀川惠子 死刑の基準〈「永山裁判」が遺したもの〉
堀川惠子 永山則夫〈封印された鑑定記録〉
堀川惠子 教誨師
堀川惠子 戦禍に生きた演劇人たち〈演出家・八田元夫と「桜隊」の悲劇〉
堀川惠子・小笠原信之 チンチン電車と女学生〈1945年8月6日・ヒロシマ〉
誉田哲也 Qros《キュロス》の女
松本清張 草の陰刻
松本清張 黄色い風土
松本清張 黒い樹海
松本清張 殺人行おくのほそ道(上)(下)
松本清張 邪馬台国 清張通史①
松本清張 空白の世紀 清張通史②
松本清張 カミと青銅の迷路 清張通史③
松本清張 天皇と豪族 清張通史④
松本清張 壬申の乱 清張通史⑤
松本清張 古代の終焉 清張通史⑥
松本清張 新装版 増上寺刃傷
松本清張他 日本史七つの謎
松本清張 ガラスの城〈新装版〉
松谷みよ子 ちいさいモモちゃん
松谷みよ子 モモちゃんとアカネちゃん

宮城谷昌光　俠　骨　記〈新装版〉
水木しげる　コミック昭和史1〈関東大震災～満州事変〉
水木しげる　コミック昭和史2〈満州事変～日中全面戦争〉
水木しげる　コミック昭和史3〈日中全面戦争～太平洋戦争開始〉
水木しげる　コミック昭和史4〈太平洋戦争前半〉
水木しげる　コミック昭和史5〈太平洋戦争後半〉
水木しげる　コミック昭和史6〈終戦から朝鮮戦争〉
水木しげる　コミック昭和史7〈講和から復興〉
水木しげる　コミック昭和史8〈高度成長以降〉
水木しげる　敗　走　記
水木しげる　白　い　旗
水木しげる　姑《クー》娘《ニャン》
水木しげる　決定版　日本妖怪大全〈妖怪・あの世・神様〉
水木しげる　ほんまにオレはアホやろか
水木しげる　総員玉砕せよ！〈新装完全版〉
宮部みゆき　新装版　震　え　る　岩〈霊験お初捕物控〉
宮部みゆき　新装版　天　狗　風〈霊験お初捕物控〉
宮部みゆき　ICO《イコ》―霧の城―(上)(下)
宮部みゆき　ぼんくら(上)(下)

宮部みゆき　新装版　日暮らし(上)(下)
宮部みゆき　おまえさん(上)(下)
宮部みゆき　小暮写眞館(上)(下)
宮部みゆき　ステップファザー・ステップ〈新装版〉
宮子あずさ　看護婦が見つめた人間が死ぬということ
宮本昌孝　家康、死す(上)(下)
三津田信三　忌《い》館《かん》〈ホラー作家の棲む家〉
三津田信三　作者不詳〈ミステリ作家の読む本〉(上)(下)
三津田信三　蛇《じゃ》棺《かん》葬《そう》
三津田信三　百《ひゃく》蛇《じゃ》堂《どう》〈怪談作家の語る話〉
三津田信三　厭魅《まじもの》の如き憑くもの
三津田信三　凶鳥《まがとり》の如き忌むもの
三津田信三　首無《くびなし》の如き祟るもの
三津田信三　山魔《やまんま》の如き嗤《わら》うもの
三津田信三　水魑《みづち》の如き沈むもの
三津田信三　密室《ひめむろ》の如き籠《こも》るもの
三津田信三　生霊《いきだま》の如き重《だぶ》るもの
三津田信三　幽女《ゆうじょ》の如き怨むもの
三津田信三　碆霊《はえだま》の如き祀るもの

三津田信三　魔偶《まぐう》の如き齎《もたら》すもの
三津田信三　忌名《いな》の如き贄《にえ》るもの
三津田信三　シェルター　終末の殺人
三津田信三　ついてくるもの
三津田信三　誰かの家
三津田信三　忌《い》物《ぶつ》堂《どう》鬼《き》談《だん》
道尾秀介　カラスの親指〈by rule of CROW's thumb〉
道尾秀介　カエルの小指〈a murder of crows〉
道尾秀介　水の柩
深木《みき》章子《あきこ》　鬼畜の家
湊かなえ　リバース
宮内悠介　彼女がエスパーだったころ
宮内悠介　偶然の聖地
宮乃崎《みやのさき》桜子《さくらこ》　綺《き》羅《ら》の皇女《ひめみこ》(1)
宮乃崎桜子　綺羅の皇女(2)
三國青葉　損料屋見鬼《けんき》控え1
三國青葉　損料屋見鬼控え2
三國青葉　損料屋見鬼控え3
三國青葉　福猫屋〈お佐和のねこだすけ〉

講談社文庫　目録

講談社文庫　目録

森　博嗣　すべてがFになる〈THE PERFECT INSIDER〉
森　博嗣　冷たい密室と博士たち〈DOCTORS IN ISOLATED ROOM〉
森　博嗣　笑わない数学者〈MATHEMATICAL GOODBYE〉
森　博嗣　詩的私的ジャック〈JACK THE POETICAL PRIVATE〉
森　博嗣　封印再度〈WHO INSIDE〉
森　博嗣　幻惑の死と使途〈ILLUSION ACTS LIKE MAGIC〉
森　博嗣　夏のレプリカ〈REPLACEABLE SUMMER〉
森　博嗣　今はもうない〈SWITCH BACK〉
森　博嗣　数奇にして模型〈NUMERICAL MODELS〉
森　博嗣　有限と微小のパン〈THE PERFECT OUTSIDER〉
森　博嗣　黒猫の三角〈Delta in the Darkness〉
森　博嗣　人形式モナリザ〈Shape of Things Human〉
森　博嗣　月は幽咽のデバイス〈The Sound Walks When the Moon Talks〉
森　博嗣　夢・出逢い・魔性〈You May Die in My Show〉
森　博嗣　魔剣天翔〈Cockpit on knife Edge〉
森　博嗣　恋恋蓮歩の演習〈A Sea of Deceits〉
森　博嗣　六人の超音波科学者〈Six Supersonic Scientists〉
森　博嗣　捩れ屋敷の利鈍〈The Riddle in Torsional Nest〉
森　博嗣　朽ちる散る落ちる〈Rot off and Drop away〉
森　博嗣　赤緑黒白〈Red Green Black and White〉
森　博嗣　四季　春～冬
森　博嗣　φ《ファイ》は壊れたね〈PATH CONNECTED φ BROKE〉
森　博嗣　θ《シータ》は遊んでくれたよ〈ANOTHER PLAYMATE θ〉
森　博嗣　τ《タウ》になるまで待って〈PLEASE STAY UNTIL τ〉
森　博嗣　ε《イプシロン》に誓って〈SWEARING ON SOLEMN ε〉
森　博嗣　λ《ラムダ》に歯がない〈λ HAS NO TEETH〉
森　博嗣　η《イータ》なのに夢のよう〈DREAMILY IN SPITE OF η〉
森　博嗣　目薬α《アルファ》で殺菌します〈DISINFECTANT α FOR THE EYES〉
森　博嗣　ジグβ《ベータ》は神ですか〈JIG β KNOWS HEAVEN〉
森　博嗣　キウイγ《ガンマ》は時計仕掛け〈KIWI γ IN CLOCKWORK〉
森　博嗣　χ《カイ》の悲劇〈THE TRAGEDY OF χ〉
森　博嗣　ψ《プサイ》の悲劇〈THE TRAGEDY OF ψ〉
森　博嗣　イナイ×イナイ〈PEEKABOO〉
森　博嗣　キラレ×キラレ〈CUTTHROAT〉
森　博嗣　タカイ×タカイ〈CRUCIFIXION〉
森　博嗣　ムカシ×ムカシ〈REMINISCENCE〉
森　博嗣　サイタ×サイタ〈EXPLOSIVE〉
森　博嗣　ダマシ×ダマシ〈SWINDLER〉
森　博嗣　女王の百年密室〈GOD SAVE THE QUEEN〉
森　博嗣　迷宮百年の睡魔〈LABYRINTH IN ARM OF MORPHEUS〉
森　博嗣　赤目姫の潮解〈LADY SCARLET EYES AND HER DELIQUESCENCE〉
森　博嗣　馬鹿と嘘の弓〈Fool Lie Bow〉
森　博嗣　まどろみ消去〈MISSING UNDER THE MISTLETOE〉
森　博嗣　地球儀のスライス〈A SLICE OF TERRESTRIAL GLOBE〉
森　博嗣　レタス・フライ〈Lettuce Fry〉
森　博嗣　僕は秋子に借りがある I'm in Debt to Akiko〈森博嗣自選短編集〉
森　博嗣　どちらかが魔女 Which is the Witch?〈森博嗣シリーズ短編集〉
森　博嗣　喜嶋先生の静かな世界〈The Silent World of Dr.Kishima〉
森　博嗣　そして二人だけになった〈Until Death Do Us Part〉
森　博嗣　つぶやきのクリーム〈The cream of the notes〉
森　博嗣　ツンドラモンスーン〈The cream of the notes 4〉
森　博嗣　つぼみ茸《きのこ》ムース〈The cream of the notes 5〉
森　博嗣　つぶさにミルフィーユ〈The cream of the notes 6〉
森　博嗣　月夜のサラサーテ〈The cream of the notes 7〉
森　博嗣　つんつんブラザーズ〈The cream of the notes 8〉
森　博嗣　ツベルクリンムーチョ〈The cream of the notes 9〉
森　博嗣　追懐のコヨーテ〈The cream of the notes 10〉

2023年12月15日現在